Das Geheimnis einer längst vergangenen Winternacht

Christiane Hoops

Das Geheimnis einer längst vergangenen Winternacht

Bibliografische Information Der Deutschen Bibliothek:
Die Deutsche Bibliothek verzeichnet diese Publikation in
der Deutschen Nationalbibliografie; detaillierte
bibliografische Daten sind im Internet über
http://dnb.ddb.de abrufbar.

Herstellung und Verlag: Books on Demand GmbH,
Norderstedt
ISBN 3-8334-5069-X

Inhaltsverzeichnis

Seite:

In Liebe meinem Sohn Robin
und meiner leider viel zu früh verstorbenen
Großmutter
Hertha Koch gewidmet!

Der geheimnisvolle Fund

Guten Tag! Ich heiße Christiane Hoops, bin 39 Jahre alt und arbeite als Verwaltungsangestellte bei der Stadt Hamburg. Ich bin verheiratet mit Bernd Hoops und habe einen 9jährigen Sohn namens Robin.

Heute, am Mittwoch, 11. Januar 2006, saß ich in der U-Bahn in Richtung Hamburg-Hauptbahnhof. Ich hatte einen langen Tag in der Verwaltungsschule hinter mir. Als ich so vor mich hin döste, fiel mein Blick auf ein Werbeschild am Fenster. Darauf stand: „Wir schreiben Ihr Buch für Sie". Dort wurde angeboten, für jedermann gegen ein gewisses Entgelt dessen Lebensgeschichte aufzuschreiben. „Was für ein interessanter Job!", dachte ich so bei mir. Aber wenn es sich um meine eigene Geschichte handeln würde, so wollte ich sie doch lieber selbst aufschreiben. Doch was hätte ich schon zu erzählen?

Aber Moment mal! Zuerst nur bruchstückhaft, dann immer intensiver, erinnerte ich mich an etwas, das im letzten Winter geschehen war. Ich hatte mir jedoch damals vorgenommen, es zu vergessen und im hintersten Teil meiner Seele zu verstauen. Denn jeder, der diese Geschichte zu Ohren bekommen würde, käme sicherlich auf den Gedanken, dass ich sie nur erfunden hätte und wohl nicht ganz richtig im Oberstübchen sei. Aber sie war tatsächlich geschehen, oder?

Urteilt selbst:

Heute, am Dienstag, 6. Dezember 2004, war endlich Nikolaus. Mein Sohn Robin hatte sich schon seit einiger Zeit darauf gefreut und hoffte, vom Nikolaus auch reichlich beschenkt zu werden. So eilte er am 6. Dezember frühmorgens ins Wohnzimmer, um seinen am Vortag geputzten Stiefel zu begutachten.

Die Überraschung war groß. Nicht nur sein Stiefel, sondern auch der Bereich darum waren reichlich mit Süßigkeiten und drei kleinen Lego-Bausätzen bestückt. Begeistert riss er die vielen Päckchen auf.

Mein Ehemann Bernd und ich hatten uns mit weitaus spärlicheren Nikolausaufmerksamkeiten zu begnügen. Aber schließlich sind wir auch nur Eltern.

Nachmittags, als ich von der Arbeit kam, beschlossen Robin und ich, ausgiebig seine Lego-Geschenke zusammenzubauen. Wir saßen auf dem Teppich in seinem Spielzimmer, als er sich plötzlich beklagte, dass ein bestimmtes Legosteinchen fehlen würde. Ich erinnerte mich, dass er morgens die Packung etwas ungeschickt auf der Treppe geöffnet hatte. Dabei waren verschiedene Lego-Tütchen durch die Treppe bis in den Keller gefallen. Wir beschlossen also, dort nachzusehen, ob die heruntergefallene Tüte vielleicht ein Loch hatte und Legoteile im Keller verstreut lagen.

Unten an der Kellertreppe angekommen, suchten wir mit einer leider recht lichtschwachen Taschenlampe den vermuteten Bereich ab. Aber auf einen Legostein stießen wir nicht. Als wir schon wieder in sein Zimmer zurückkehren wollten, verharrte mein Blick jedoch auf einem gelben Papierfetzen. So vermutete ich zumindest. Er lag direkt unter der Kellertür. Ich griff danach, um ihn wegzuwerfen und stellte mit Erstaunen fest, dass es sich um eine kleine Pergamentrolle handelte. Sie war fein säuberlich aufgerollt und mit einer dünnen blauen Kordel zusammengebunden. Überrascht nahm ich das Papier auf und glaubte an einen Scherz, den sich mein Mann wohl mit mir machen wollte. Ich erwartete einen Text, in dem er mir seine Liebe versicherte. Schließlich wusste er, dass ich derartige Liebesbriefe gerne einmal bekam.

Doch der Inhalt des Pergaments war ein ganz anderer:

„Dies ist die Gelegenheit,
zu helfen einer armen Maid!
Gelingt es Euch, den Weg zu bahnen,
so sei Euch gewiss der Dank der Ahnen.

Sucht das Kästchen dunkel und alt!
Es ist auf dem Dachboden, droben, wo's kalt!
Lange half es der Näherin
und gab ihrem Leben einen Sinn.
Wenn Ihr das Kleinod darin findet,
Ihr das Schicksal an Euch bindet.

Doch haltet Euch nicht an das, was Ihr seht,
sondern wohin der Traum Euch weht.

Helft zu retten die Zukunft der Maid,
so kommt auch für Euch die güldene Zeit.
Die Maid ist Euch sehr wohl bekannt,
trägt sie doch der Familie Gewand.

Zum tiefen Waldsee Ihr müsst geh'n
und rufen nach den Winterfeen.
Sie werden Euch helfen
zu erreichen den König der Elfen.

**Teilt das Wasser mit gemeinsamer Hand
und werft hinein das Feengewand.**

**Ihr müsst dem geheimen König
einen Wunsch erfüll'n
und seine traurige Tochter in Freude hüll'n.**

**Doch heim kommt Ihr nimmer,
seht Ihr nicht den hellen Schimmer.
Der dunkle See ist nicht das Ende,
sondern führt Euch heim behände!"**

„Na, Bernd, da hast du dir aber was Nettes ausgedacht." Robin und ich sahen uns an und mussten lachen. „Papa will uns wohl verkohlen!", sagte er schmunzelnd. Wir beschlossen, sowohl meinem Mann als auch meiner Mutter, die bei uns im Haus wohnt, nichts von unserem Fund zu verraten. Schließlich waren wir der Annahme, dass sie zusammen diesen Streich ausgeheckt hatten. Meine Mutter wusste um meine Vorliebe für mystische Abenteuer-Romane. Nicht umsonst hatte ich Robin schon angesteckt und musste ihm abends immer Geschichten von Harry Potter erzählen.

Aber nichts sollte so spannend werden wie das Leben selbst …

So nun aber weiter der Reihe nach. Wir hatten den Inhalt des Pergaments also noch im Ohr, als wir uns auch schon auf den Weg zum Dachboden machten. Offensichtlich hatte Bernd dort etwas versteckt. „Ein Kästchen, dunkel und alt, das der Näherin half!", wiederholte ich. Mir war bekannt, dass meine Mutter in ihrem Wohnzimmerschrank eine kleine Vitrine hatte, in der sie viele alte Erinnerungsstücke aufbewahrte. Wir wandten uns also als erstes dieser Vitrine zu. Dort fanden wir die alten Ballettschuhe meiner Mutter aus festem schwarzen Leder mit einstmals weißen, jetzt vergilbten Satinbändern daran. Sie zählten wohl an die 50 Jahre und wirkten noch so anmutig wie zu der Zeit, als meine Mutter darin Ballettunterricht genommen haben musste.

Dann sah ich in der Ecke einen alten dunklen Gegenstand liegen. Oh, aber nein, es war nicht das gesuchte Kästchen, sondern eine antike Bibel. Sie mochte wohl über 100 Jahre alt sein und hatte eine persönliche Widmung darin. Dort stand: „In Liebe für die Nachkommen der Familie Ostermann!" Die Widmung war datiert auf 1901. Es handelte sich also um eine Familienbibel von seiten meiner Mutter. Meine Mutter trug vor ihrer Heirat zwar den Nachnamen Koch. Aber ihre Mutter, also meine Großmutter, hieß als junges Mädchen Ostermann. Irgendetwas riet mir, diese Bibel an mich zu nehmen, obwohl mir ihre Bedeutung erst weitaus später bewusst wurde.

Doch wo war das Kästchen? Außer sehr alten Photographien meiner Großmutter und ihrer Familie fanden wir nur noch einen vergilbten Fächer. Er war aus Elfenbein gearbeitet und mit einer beigen Kordel verziert. Meine Mutter hatte uns einmal erzählt, dass dieser Fächer schon ihrer Großmutter – die liebevoll Oma Ostermann genannt wurde – gehörte. Auch er war bereits über 100 Jahre alt. In Gedanken sah ich meine Urgroßmutter vor mir, wie sie ihn auf einem Ball galant vor ihr Gesicht hielt und damit die vielen Verehrer abwehrte, die um einen Tanz auf ihrer Tanzkarte baten. Diese Zeit musste zu schön gewesen sein.

Nach langem Suchen und Raten wollten wir schon aufgeben, als mir auffiel, dass die Ballettschuhe leicht geneigt standen. Ich hatte nicht darauf geachtet. Sie verdeckten den hinteren Teil der Vitrine, weil sie auf einem Polster aus weichem Samt ruhten. Jetzt aber nahm ich sie behutsam herunter und sah nach, worauf sie gelegen hatten. Und da war es endlich. Ein Kästchen aus dem schwärzesten Ebenholz, das mir je begegnet war. Robin nickte ehrfürchtig mit dem Kopf. Wir hatten es gefunden. Langsam öffnete ich es, fast in der Befürchtung, es könne etwas herausspringen. Als es vollständig offen war, packte uns aber doch ein wenig die Enttäuschung. Das Kästchen enthielt nur

Nadeln und Garnrollen. Das war also mit dem Satz „Lange half es der Näherin…" gemeint. Es handelte sich offensichtlich um kein Schatz- oder Schmuck- sondern um ein Nähkästchen. „Bernd, da hättest Du Dir aber etwas Besseres einfallen lassen können!"

Doch das Gedicht sprach ja weiter von einem Kleinod. Außer Nadeln, die stechen konnten und den Garnrollen war darin nichts zu entdecken. Wir untersuchten das Kästchen weiter. Robin nahm es in die Hände und schüttelte es sanft. Da hörte man tatsächlich ein klapperndes Geräusch. Also musste darin noch etwas verborgen sein. Ich sah mir den Boden einmal genau an. Die Nadeln waren auf eine Samtplatte aufgesteckt. Und tatsächlich ließ sich diese Samtplatte entfernen. Darunter kam ein quadratischer Deckel zum Vorschein. Er war mit vier Miniaturschrauben am unteren Bodenteil be- festigt. Ich rannte in den Keller zum Werk- zeugkasten, um innerhalb kürzester Zeit mit einem kleinen Schraubendreher wieder auf den Dachboden zurückzukehren. Dort entfernte ich die Schräub- chen.

Tatsächlich gab der Deckel eine in den unteren Boden eingelassene Öffnung frei. Robin konnte seine Aufregung kaum beherrschen. Und so ließ ich ihn in die Öffnung greifen. Stolz zog er ein glit- zerndes Kettenband heraus. Nach genauerer Be- trachtung wurden wir uns dessen bewusst, dass es sich um ein goldenes Armband, ein so genanntes

Bettelarmband handelte. Daran befanden sich vier verschiedene Anhänger: eine filigran gearbeitete Rose mit rotgoldenen Blütenblättern, ein kleiner altmodisch aussehender Schlüssel, ein Herz und eine goldene Spielkarte. Ich suchte auf dem Armband nach einem Stempel, der Auskunft über die Karatzahl geben konnte. Dabei stellte ich fest, dass es sich um 585er Gold handelte. Nun wurde uns doch recht mulmig. Wo sollte Bernd soviel Geld herhaben, um uns einen derartigen „Schatz" zu verstecken? Wir überlegten, ob wir uns an meinen Mann oder meine Mutter wenden und den Fund verkünden sollten. Dann aber entschlossen wir uns dagegen.

Schließlich war erst ein kleiner Teil des Gedicht-Rätsels gelöst. Und wir wollten doch beweisen, zu welch detektivischen Leistungen wir fähig waren. Robin und ich versprachen uns daher gegenseitig, weiterhin Stillschweigen über die Funde zu bewahren.

Der nächste Absatz in dem Gedicht bereitete uns allerdings einiges Kopfzerbrechen: „Doch haltet Euch nicht an das, was Ihr seht, sondern wohin der Traum Euch weht." Keiner von uns beiden hatte auch nur die entfernteste Ahnung, was dies bedeuten konnte. Inzwischen war es bereits dunkel geworden. Bernd und meine Mutter mussten ohnehin gleich nach Hause kommen. Und so beschlossen wir, am nächsten Tag weiter zu überlegen. Doch wohin mit dem Armband? Damit Bernd es nicht finden konnte, legte ich es vorsichtig unter mein Kopfkissen. Bis zum nächsten Nachmittag sollte es dort verbleiben.

An diesem Abend gingen wir früh zu Bett, weil es schließlich ein recht aufregender Tag gewesen war. Lange fand ich nicht in den Schlaf und dachte über die Ereignisse nach. Doch irgendwann übermannte es mich, und ich schlief ein. Aber es sollte eine unruhige Nacht werden.

Ich träumte natürlich von unserem Fund. Das Armband legte sich im Traum um mein Hand-gelenk. Wie von einem Magneten angezogen, riss es an meinem Arm. Im Traum stand ich auf und wurde immer weiter gezogen. Ich verließ das Haus, aber mir war gar nicht kalt. Ich schwebte nahezu wie auf einer unsichtbaren Wolke immer höher in den Himmel. Als ich zur Erde hinunter sah, stellte ich fest, dass mich die Wolke und das Armband in die Nähe unseres alten Wohnortes, in die Feldstraße Elmshorns geführt hatte. Wir schwebten aber an unserem alten Haus vorbei zur direkt daneben liegenden Ost-West-Brücke, einer Auto- und Fuß-gängerbrücke über die Bahngleise. In der Brücke war eine Tür. Diese diente wohl den Bauarbeitern als Einstieg in die Eingeweide der Brücke, falls dort einmal etwas zu reparieren war. Wir hielten an dieser Tür an, die in meinem Traum offen stand. Als ich gerade von der Wolke steigen und durch die Tür treten wollte, zog mich etwas wie ein Sog zurück. Binnen Sekunden befand ich mich wieder in meinem Bett und erwachte. Schweißgebadet tastete ich nach dem Armband. Es lag wie unberührt unter meinem Kissen. Den Rest der Nacht traute ich mich nicht mehr einzuschlafen, zu erschrocken, wohin ich sonst noch gelangen konnte.

Ich beschloss, gleich morgen Nachmittag mit Robin über den Vorfall der Nacht zu sprechen. Sicher hatte es mit der Strophe in dem Gedicht zu tun. War das vielleicht der Ort, an den wir uns begeben sollten? Es wurde immer spannender.

Zurück in die Vergangenheit

Den Vormittag des 7. Dezember 2004 über konnte ich mich bei der Arbeit nicht recht konzentrieren. Ich war immer noch überrascht, wie Bernd auf dieses geniale Rätsel gekommen war. Aber im Unterbewusstsein regten sich bereits arge Zweifel um Bernds Beteiligung an den Vorfällen und besonders an meinem Traum. Doch würde ich dies zugeben, so müsste ich ja gleichzeitig bestätigen, dass hier Unheimliches vorgeht. Und das gab es doch nur in Büchern. Also glaubte ich vordergründig weiter an den plötzlichen Einfallsreichtum meines Ehemannes.

Kurz nach dem Mittagessen kam ich von der Arbeit heim. Robin bestürmte mich gleich mit Fragen. Weil meine Mutter aber noch im Hause war, hielt ich nur den Zeigefinger an den Mund und sagte ihm leise ins Ohr: „Später!"

Um 15.00 Uhr verließ meine Mutter dann für verschiedene Einkäufe das Haus. Kaum hatte sie die Tür ins Schloss fallen lassen, erzählte ich Robin von meinem Traum. Er war begeistert! Ein echtes Abenteuer direkt in unserem Haus, was will ein 8jähriger mehr. „Komm, Mama, wir gehen zu der Stelle aus deinem Traum und sehen, ob uns dort

19

etwas komisch vorkommt!", bat er. Obwohl meine Vernunft mir hätte befehlen sollen, den Schabernack ein für allemal zu beenden, kam auch in mir das Kind wieder zum Vorschein. Was hatte ich mich als Jugendliche nach so einem Abenteuer gesehnt.

Wir bestiegen also unsere Fahrräder und hinterließen auf dem Esstisch einen Zettel mit dem Hinweis: „Wir sind in der Stadt, um Weihnachtsgeschenke zu kaufen, kommen erst gegen 19.00 Uhr zurück." Das ließ uns ca. vier Stunden Zeit zur Erkundung. Bevor wir das Haus verließen, packte ich aber noch einen kleinen Rucksack mit zwei Äpfeln, zwei Trinkflaschen, einer Taschenlampe, dem Armband und – warum kann ich im Nachhinein nicht sagen – der Bibel, die wir am Tag zuvor gefunden hatten. Vielleicht war es die Eingebung, dass man sich im Notfall auf Gottes Hilfe verlassen sollte? Ich weiß es nicht mehr. Natürlich nahmen wir auch das Gedicht mit.

So schnell waren wir wohl noch nie in der Stadt. Es nieselte zwar kräftig, und man hatte kaum mehr als 50 Meter Sicht. Aber die Aufregung beflügelte uns geradezu.

Nach fünfzehn Minuten hatten wir die Ost-West-Brücke in der Nähe des Hauses, in dem wir früher in der Feldstraße gewohnt hatten, erreicht. Ich zeigte Robin die Tür, zu der mich im Traum die Wolke gebracht hatte. Robin versuchte die schmutzige Türklinke herunterzudrücken, aber sie war natürlich verschlossen. Wie hätte es auch anders sein können. Das war wohl das jähe Ende unseres Abenteuers, vermutete ich schon in Gedanken.

Doch da richtete Robin das Wort an mich: „Wir brauchen einen Schlüssel!", sagte er ganz gelassen. Na toll, wo sollten wir den denn herbekommen? Und da muss man doch tatsächlich wieder die Genialität des kindlichen Verstandes loben. Robin empfahl: „Nimm doch den Schlüssel von dem Armband!" Ich hielt dagegen, dass dieser doch viel zu klein war. Schließlich war es nur ein Schmuckstück. Aber Robin bat mich, es wenigstens einmal zu versuchen. Ziemlich skeptisch holte ich das Armband aus dem Rucksack und legte es in Robins Hand. Sollte er es selbst ausprobieren. Er näherte sich also dem Schlüsselloch und hielt den kleinen goldenen Schlüssel hinein.

Und dann geschah das Unfassbare. Die Tür öffnete sich tatsächlich ganz langsam wie von selbst. Wir sahen uns um, ob uns auch keiner dabei beobachtete, wie wir - meiner Ansicht nach - „Hausfriedensbruch" begingen. Niemand war bei diesem ungemütlichen Wetter draußen. So huschten wir durch die Tür hindurch. Ehe wir uns versahen, schloss sie sich wieder von selbst. Wir befanden uns in totaler Finsternis. Ich bekam dann doch etwas Angst. Rasch griff ich Robins Hand, um ihn und mich zu beruhigen. Dabei bemerkte ich, dass auch sein Puls sich erheblich beschleunigt hatte. „Mama, ich habe Angst, ich will wieder nach draußen!", hörte ich ihn leise an meiner Seite sagen. „Keine Angst, wir müssen nur irgendeinen Lichtschalter finden, damit wir uns erstmal orientieren können. Dann finden wir schon eine Lösung!", beruhigte ich ihn.

Wir tasteten uns also langsam voran, um überhaupt erstmal festzustellen, wie groß der Raum war, in dem wir uns befanden. Nach ca. zehn Metern war immer noch kein Ende des Raumes zu ertasten. Ich musste mich schon sehr zusammenreißen, um nicht laut um Hilfe zu schreien. Aber ich hoffte immer noch, dass wir aus der Brücke wieder herauskamen, ohne dass jemand unser Eindringen bemerkt hätte. Schließlich würde sonst auf uns eine saftige Strafe wegen Einbruchs warten.

Und plötzlich sahen Robin und ich gleichzeitig in einiger Entfernung einen Lichtschimmer. Wir hielten darauf zu, als auf einmal etwas Schreckliches geschah. Es war, als würde der Erdboden zittern, sich dann stärker bewegen und uns herumschleudern. Wir wären fast hingefallen, konnten uns jedoch aneinander festhalten und blieben so auf den Beinen. In der Befürchtung, dass es sich um ein Erdbeben handelte, rannten wir auf das Licht zu. Dann warfen uns die Naturgewalten aber doch auf den Boden. Wir krallten uns aneinander fest, um nicht getrennt zu werden. Plötzlich rutschten wir abwärts, als ob sich der Boden unter uns auftun würde. Es war ein Gefühl, als würden brodelnde Kräfte an einem zerren, als wäre man in einer rasenden Achterbahn unterwegs. Mir schwanden fast die Sinne, als ohne Vorwarnung plötzlich alles vorbei war.

Robin und ich atmeten erleichtert auf. Endlich war die rasende Fahrt vorbei. Blinzelnd schauten wir uns um, konnten aber wieder nicht viel mehr sehen, als den Lichtschimmer von vorhin. Wir hielten darauf zu. Es war eine neue Tür direkt vor uns. Ich versuchte sie zu öffnen. Langsam gab sie nach. Im nächsten Moment standen wir im Freien. Es war inzwischen fast dunkel. Wir sahen uns in der Hoffnung um, dass wir ein Stück von dem Eingang der Brücke entfernt wieder aus ihr hinausgelangt wären. Doch das war ein großer Irrtum. Vor uns und um uns herum waren nur Büsche und Bäume. Als wir die Tür passiert hatten, schloss auch diese sich von selbst und war im nächsten Moment – man mag es nicht glauben – verschwunden.

Begegnung mit Hertha

Es lässt sich im Nachhinein nicht mehr beschreiben, was wir empfanden. Die Abenteuerlust war völlig verschwunden. Wir wollten nur noch nach Hause. Also beschloss ich, so schnell wie möglich herauszufinden, wo wir waren. Schließlich musste es irgendwo in der Nähe der Brücke sein. Weil wir ja gar nicht so lange unterwegs gewesen waren. Zunächst wandten wir uns nach rechts. Nach ca. 100 Metern trafen wir auf eine Straße. Sie war mit „Spitzer Dorf" beschildert. So eine Straße war mir in Elmshorn überhaupt nicht bekannt. Ich versuchte mich also an den Häusern zu orientieren, soweit dies in dem Zwielicht möglich war. Und tatsächlich kamen mir einige Häuser merkwürdig vertraut vor.

Das vor uns auftauchende Haus mit den drei Stockwerken erinnerte mich ganz stark an das Haus in der Feldstraße, in dem wir jahrelang gelebt hatten. Aber das konnte doch nicht sein. Ich weigerte mich, den in mir aufsteigenden Gedanken zuzulassen. Doch offensichtlich war hier etwas sehr schief gelaufen.

Robin sagte gar nichts mehr. Aber ich merkte daran, wie er sich an mich drückte, dass ihm das alles sehr ungeheuerlich vorkam. Und dann durchzuckte mich plötzlich die Gewissheit. Dies war tatsächlich die

Straße, in der ich so lange gelebt hatte. Aber es war nicht die Zeit, in der wir das Haus in der Feldstraße bewohnt hatten. Dieses Haus erinnerte mich an verschiedene Bilder, die mir meine Mutter einmal von unserem Haus gezeigt hatte, als meine Großmutter noch klein war. In den 90er Jahren war vor unserem Haus eine Auffahrt gewesen. Anfang 1900 hatte man dort aber noch einen kleinen Vorgarten angelegt, so wie er jetzt dort zu sehen war.

Sollte es uns tatsächlich in eine andere Zeit verschlagen haben? Aus meinen Büchern war mir so etwas ja geläufig. Aber in Wirklichkeit konnte es das doch nicht geben, oder?

Und dann fiel mir plötzlich wieder der Absatz in dem Pergament ein, der wie folgt lautete:

Helft zu retten die Zukunft der Maid,
so kommt auch für Euch die güldene Zeit.
Die Maid ist Euch sehr wohl bekannt,
trägt sie doch der Familie Gewand.

Was für einer Maid sollten wir helfen? Sie sollte das Gewand der Familie tragen. Was war damit gemeint. Wir überlegten krampfhaft. Aber viel wichtiger war es, zunächst eine Unterkunft für die Nacht zu finden. Wir mussten doch irgendwo schlafen, bis es wieder Tag würde. Dann könnten wir überlegen, wie wir nach Hause kommen. Als wir so nachdachten, ging die Tür unseres ehemaligen Hauses in der Feldstraße 35 - noch hieß sie ja Spitzer Dorf - auf. Heraus kam eine junge Frau. Ich erkannte sie sofort von alten Photographien. Es war meine Großmutter Hertha. Langsam arbeitete mein Gehirn wieder: „Das Gewand der Familie" bedeutete, dass es sich um ein Mitglied der Familie handeln musste. Vielleicht war meine Oma die gesuchte Maid. Wir sahen zu ihr hinüber. Sie wirkte sehr gedrückt. Langsam ging sie durch den Vorgarten und berührte zart die kahlen Bäumchen, die dort im Frost standen. Es wirkte fast, als habe sie geweint.

Ohne weiter darüber nachzudenken, gingen wir zu ihr hinüber. Sie wirkte sehr erschrocken, als ich sie ansprach. Mir fiel in der Schnelle leider nichts anderes ein als: „Hallo, ungemütlicher Abend heute, nicht?" Mit großen Augen starrte sie uns an. Und da erkannte ich, dass sie nicht nur über meine Worte, sondern viel mehr über unser Äußeres erstaunt war. Sie trug ein für die Zeit um 1900 übliches dreiviertellanges Kleid aus festem blauen Baumwollstoff mit einer weißen Schürze darüber. Ihre langen Haare hatte sie zu zwei dicken Zöpfen zusammengebunden. Dazu trug sie schwarze derbe Lederstiefel. „Wer seid ihr?", waren ihre ersten Worte. Viel Zeit blieb mir nicht zum Nachdenken. Und so entschied ich mich für die Wahrheit, auch wenn sie recht unglaubwürdig war und Hertha verschrecken könnte. „Wir sind ein Teil deiner Familie!", entgegnete ich ihr. „Leider haben wir zur Zeit keine Unterkunft. Wir sind hierher verschlagen worden, ohne es zu wollen. Das hier ist mein Sohn Robin. Und ich heiße Christiane. Mehr würde ich dir gerne erklären, wenn wir ein Lager für die Nacht gefunden haben."

Nun gab es verschiedene Möglichkeiten, wie sie hätte reagieren können. Viele Menschen wären wahrscheinlich einfach ins Haus zurückgegangen und hätten uns stehen lassen. Wir waren fremdartig gekleidet und behaupteten auch noch, zur Familie zu gehören. Meine Oma reagierte aber genau so, wie ich sie zu Lebzeiten kennen gelernt hatte, nämlich über die Maßen neugierig. Man sah es ihrem Gesicht an, dass sie sich zwar noch keinen Reim aus dem Gesagten machen konnte. Aber sie antwortete: „Es ist zwar wohl verrückt, aber ich glaube euch irgendwie. Etwas in mir fühlt, dass ihr zu mir gehört. Komisch. Aber ich will euch helfen. Ins Haus kann ich euch nicht mitnehmen. Meine Eltern sind nämlich nicht so wie ich. Sie würden euch rausschmeißen. Aber wir haben auf der anderen Straßenseite einen Gemüsegarten mit einem kleinen Holzverschlag, in dem zeitweise Hühner leben. Zur Zeit haben wir keine, weil sie alle an einer Krankheit verstarben. Ich könnte euch Decken und etwas zu essen bringen, damit ihr dort die Nacht verbringen könnt. Morgen werden wir uns dann weiter unterhalten. Was haltet ihr davon?"

Was wir davon hielten, war klar. Wir dankten ihr und nahmen das Angebot gerne an. Sie schmuggelte also zwei Decken aus dem Haus und zeigte uns den Verschlag. Er maß ca. zwei Meter im Quadrat, so dass wir uns beide dort ausbreiten konnten. Natürlich war es nicht sehr bequem, aber wir waren froh, der Kälte – es waren bestimmt etliche Minusgrade – zu entkommen. Eng aneinander gekuschelt fielen wir in einen unruhigen Schlaf, nachdem wir noch schnell das trockene Brot gegessen hatten, welches Hertha uns mitgebracht hatte.

Ich träumte von meinem Mann Bernd. Er stand in der Tür der Ost-West-Brücke. Im Traum entfernten Robin und ich uns immer weiter von ihm. Ich wollte nach Bernd greifen und ihn mit uns in das Brückeninnere ziehen, aber ich erreichte ihn nicht. Laut schrie ich auf und weinte im Traum. Davon muss ich wohl schweißgebadet aufgewacht sein.

Früh am nächsten Morgen wurde auch Robin wach. Er hatte wie ich die ganze Nacht sehr unruhig geschlafen und lag auch jetzt schluchzend da. Es war einfach zuviel für ihn. Er wollte nach Hause und fand alles ganz schrecklich. Um ihm zu helfen, kam mir eine Idee. Ich erklärte ihm, dass dies alles nur ein Abenteuertraum sei. Wir würden dies nur in unserer Phantasie erleben und später wohlbehalten in unseren Betten aufwachen. In Gedanken hoffte ich fast selbst darauf. Vielleicht war es wirklich nur ein sehr unangenehmer Traum. Robin war sichtlich beruhigt. Er schien mir zu glauben. In diesem Fall hielt ich eine Notlüge für besser als zuzugeben, dass ich keinen blassen Schimmer hatte, was hier geschah. Ich erfreute ihn mit dem Gedanken, dass er den tollen Traum später seinen Freunden erzählen könnte. Gott sei Dank erhellte sich sein Gesicht dadurch wieder. Das verschmitzte Lächeln, das ich so an ihm liebte, kam zum Vorschein. Er war aber offensichtlich doch froh, dass er diesen Traum nicht alleine durchstehen musste, sondern dass ich ihn mit ihm teilte. Denn er wich mir nicht von der Seite.

Es mochte so gegen sieben Uhr sein, als sich die Tür zu unserem Verschlag leise öffnete. Ich befürchtete schon, dass wir entdeckt worden seien. Aber es war nur Hertha, die nach uns sehen wollte. Offensichtlich hatte auch sie eine schlechte Nacht hinter sich. Dicke Ränder umrahmten ihre Augen. Sie war fein zurechtgemacht mit einer weißen Bluse, einem eng anliegenden dreiviertellangen Rock und sehr viel zierlicheren Stiefeletten. Sie hatte die Haare zu einem Knoten auf dem Kopf kunstvoll zusammengesteckt. Auf die Frage, wie es jetzt wietergehen solle, antwortete sie, dass sie zunächst ihr Tagewerk hinter sich bringen müsse. Sie arbeitete im Büro der Kröger'schen Schäl-Mühle in der Marktstraße von Elmshorn. Um 18.30 Uhr werde sie wieder nach Hause kommen.

Damit wir uns nicht die ganze Zeit im Verschlag verstecken mussten, hatte Hertha uns einige Kleidungsstücke ihrer Eltern mitgebracht. Ihre Mutter hatte eine ähnliche Figur wie ich, so dass ich eines ihrer abgelegten Kleider tragen konnte. Es war bodenlang und aus dunkelgrünem schweren Stoff mit einer Borte aus weißer Spitze am Halsausschnitt. Für Robin hatte sie aus dem Kleiderschrank ihres Vaters etwas entnommen, eine Dreiviertel-Hose, die bei Robin ganz lang war und ein kariertes derbes Hemd, welches ihm fast bis zu den Knien reichte. Er steckte es in die Hose, so dass die Länge nicht so auffiel. Weil es ja Winter war, hatte sie für uns zwei weite Umhänge mitgebracht.

Hertha wollte uns gerade verlassen, als ich – einer Eingebung folgend – sie noch um eine weitere Minute ihrer Zeit bat. Ich hatte irgendwie die Befürchtung, dass sie uns doch misstraute und uns die Polizei auf den Hals hetzen könne. So zeigte ich ihr die Familienbibel, die ich aus unserer Zeit mitgebracht hatte. Sie war sehr überrascht und fragte, wie wir daran kämen. Schließlich läge sie doch in ihrem Wohnzimmer drüben im Haus. Ich bat sie, sich zu überzeugen, dass es die gleiche Bibel sei und das Original sich weiterhin in ihrem Wohnzimmer befand. Sie kam wenige Minuten später zurück und teilte uns mit feierlicher Miene mit, dass sie nun restlos überzeugt sei, dass wir die Antwort auf ihre Bitten an Gott seien, ihr und ihrer Familie zu helfen. Das hörte sich schon sehr gewichtig an.

Aber auf die ganze Geschichte mussten wir doch warten, bis sie am Abend von der Arbeit kommen würde.

So beschlossen wir, uns erstmal in unserem „Traum" umzusehen und die Stadt Elmshorn zu erkunden. Von Hertha hatten wir zumindest schon einmal erfahren, dass unser „Traum" im Jahre 1919 spielte. Heute war Mittwoch, der 8. Dezember.

Ein neuer Freund

Zunächst wollten wir das Zentrum des damaligen Elmshorns in Augenschein nehmen. Wir setzten uns also in Richtung Holstenstraße in Bewegung. Dabei kamen wir an Häusern vorbei, die mir aus meiner Kindheit noch bekannt waren. Es gab da z. B. eine kleine Reihe von eingeschossigen Bauten, die mehr als Hütten zu bezeichnen waren. Sie waren fast direkt bis an den Straßenrand gebaut worden, so dass man kaum einen Bürgersteig zum Vorbeigehen hatte. Ich erinnerte mich, dass sie immer als „Langer Jammer" bezeichnet worden waren.

In den 70er Jahren meines Jahrhunderts wohnten dort recht einfache Leute. Und weil ich als Kind immer Angst vor diesen teilweise recht eigenartigen Menschen hatte, konnte ich jetzt nicht umhin, einmal in eines der kleinen Fenster zu schauen. Aus Angst, gleich entdeckt zu werden, blickte ich vorsichtig seitlich durch das fast blinde Fenster. Traurigkeit packte mich bei dem, was ich dort sah. Um einen altersschwachen Tisch hockte eine Familie von zwei Erwachsenen und fünf Kindern. Sie teilten sich einen halben Laib dunkles Brot, offensichtlich ohne Belag. Die Armut musste in 1919 sehr groß sein. Aus der spärlichen

Wohnungseinrichtung war zu schließen, dass diese Familie am Rande des Existenzminimums lebte.

Während ich noch darüber nachdachte, blickte ich plötzlich in ein großes Augenpaar, welches mich von drinnen bemerkt hatte. Schnell wollte ich mich abwenden und Robin fortziehen, als sich auch schon eines der Kinder vom Tisch erhoben hatte und zur Tür gelaufen war. Es handelte sich um einen Jungen von ca. 10 Jahren mit vollem blonden Haar, einem schmalen ovalen Gesicht und einer niedlichen Stupsnase. Er begrüßte uns freundlich. „Wo kommt ihr denn her?", fragte er interessiert.

Aus meiner Zeit waren wir solche Direktheit gar nicht gewohnt. In 2006 würde niemand aus dem Haus kommen und fremde Leute ansprechen, die vorübergehen. Ich antworte also etwas verlegen: „Wir sind Verwandte der Familie Ostermann, die etwas weiter die Straße hoch wohnt!" Der Junge nickte freudig und sagte: „Ah, Hertha wohnt doch dort, oder? Ein nettes, freundliches Mädchen, aber etwas alt zum Spielen für mich! Wollt ihr nicht reinkommen und etwas mit uns essen?"

Das war mir sehr unangenehm, zumal ich das karge Mahl bereits vom Fenster aus in Augenschein genommen hatte. Doch ablehnen mochten Robin und ich auch nicht, schließlich wäre das mehr als unhöflich. So gingen wir mit in das kleine Haus hinein. Freundlich wurden wir begrüßt und vorgestellt. Dann wurden uns die Namen unserer ungeplanten Gastgeber bekannt gegeben. Es handelte sich um die Familie Münster mit der Mutter Magda, dem Vater Paul und den fünf Kindern Rudi, Franz, Ida, Christa und dem kleinen Joshy, den wir schon an der Tür kennen gelernt hatten. Die Kinder waren zwischen zehn und dreizehn Jahre alt. Vater Münster bat uns Platz zu nehmen.

Ich war ergriffen von der Gastfreundlichkeit dieser Familie. Obwohl es bestimmt ihr letztes Brot war, reichten sie uns davon noch etwas zu. Frau Münster entschuldigte sich, dass sie keinen Aufstrich hatte. Aber erst am kommenden Wochenende gäbe es wieder etwas Marmelade aus der kleinen Speisekammer. Jetzt im Winter stand es um die Vorräte nicht sehr gut.

Im Gespräch erfuhren Robin und ich, dass Herr Münster arbeitslos war. Nach dem Ersten Weltkrieg, in dem er als Soldat gedient hatte, fand er keine Arbeit als Zimmermann mehr. Zwar war sein Handwerk sehr begehrt, aber ohne eigenes Werkzeug konnte er nirgendwo Arbeit bekommen. So arbeitete Frau Münster zur Zeit in der gleichen Schälmühle wie Hertha, allerdings nicht im Büro, sondern in der Auslese. Sie war auch für den Transport der Säcke zu den Lastwagen zuständig. Die arme Frau tat mir leid, weil sie so zierlich und zerbrechlich wirkte und doch so hart arbeiten musste. In unserer Zeit würden diese Arbeiten fast ausschließlich von Maschinen übernommen.

Über uns erzählten wir nicht so viel. Wir gaben nur preis, dass wir auf dem Weg zu weiteren Verwandten nach Süddeutschland seien, weil ich dort Arbeit bekommen könnte. Wir seien hier bei Hertha nur zu Besuch.

Da Robin und Joshy fast in einem Alter waren, hielt es die beiden nicht mehr lange am Tisch. Sie gingen in das Zimmer, welches sich alle fünf Kinder teilten, und spielten dort mit selbst geschnitzten Spielzeugsoldaten, was den beiden aber großen Spaß machte.

Bevor wir gingen, mussten wir Joshy und seiner Familie versprechen, sie bald wieder zu besuchen. Dieser Einladung wollten wir gerne folgen.

Spaziergang durch das alte Elmshorn

Wir spazierten also weiter bis zum Holstenplatz im Herzen des heutigen Elmshorns. Dort gab es zu damaliger Zeit nicht die heutigen Bekleidungs- und Spielwarengeschäfte Möhrke und Bieberstein, sondern ein Hotel namens Holsteinischer Hof. Um dieses Hotel herum war ein Park angelegt. Ich erinnerte mich, dass meine Mutter mir einmal erzählt hatte, dass meine Oma dort mit ihrem Sportverein Elfentänze vorführte.

Die uns bekannte Königstraße aus 2004, Elmshorns Fußgängerzone, war damals noch eine normale mit Fuhrwerken zu befahrene Straße und hieß Wedenkamp. Sie war aber schon in 1919 mit kleinen Geschäften wie einem Bekleidungsgeschäft, einem Schuster und einem Schlachter belebt.

Unser Weg führte uns noch bis zur evangelischen Nikolaikirche im Herzen der Stadt. Hier wurde ich getauft, konfirmiert und verheiratet. Auch Robin wurde hier getauft. Sie stand dort fast wie heute und erinnerte uns an die Neuzeit. Wehmütig traten wir den Rückweg an. Wir kamen am uns bekannten Amtsgericht vorbei, welches damals schon in gleicher Funktion in der Beseler Straße existierte.

Inzwischen war es bereits dunkel geworden. Wir entschlossen uns, in die Feldstraße, ach nein, zum Spitzer Dorf, zurückzugehen. Um 18.30 Uhr würden wir endlich unser Gespräch mit Hertha fortsetzen können. Aber langsam machte sich auch enormer Hunger in unseren Bäuchen breit. Die freundliche Gabe der Familie Münster war leider bereits verarbeitet. Für Robin hatten wir vom Vorabend Brot übrig gelassen, so dass er tagsüber wenigstens etwas zu knabbern hatte. Aber auch mir hing der Magen mittlerweile in den Kniekehlen. Gott sei Dank hatte ich zwei Tage zuvor in meinem Rucksack etwas Apfelsaft mitgenommen, so dass wir bisher noch zu trinken hatten. Aber auch das ging nun zur Neige.

Nahe unserem Verschlag in dem Nutzgarten angekommen, sahen wir uns sorgsam um, damit niemand bemerkte, dass wir dort hineingingen. Das Wetter war mittlerweile wieder umgeschlagen. Es nieselte mäßig und Nebelschleier legten sich auf die ohnehin schon graue Landschaft. Niemand riss sich darum, auf die Straße zu gehen.

Schnell huschten wir in den Verschlag und schlossen die Tür behutsam. Wir kuschelten uns einen Moment aneinander. Robin gestand mir, dass er überaus beruhigt sei, seit ich ihm erzählt hatte, es handele sich nur um einen Traum. Ihm machte die ganze Sache inzwischen sogar wieder Spaß. „Oh man, wenn ich das Oma und Papa erzähle, die werden staunen, wenn ich ihnen von Joshy berichte!", gab er gut gelaunt von sich. Ich dagegen dachte wehmütig an meine Familie. Wie gerne hätte ich Bernd und meine Mutter jetzt an meiner Seite gehabt. Vor allem plagten mich Gedanken darüber, wie wir wieder zurück in unsere Zeit kommen sollten, falls es sich nicht um einen Traum handelte.

Das große Problem

Durch das Öffnen der Tür wurde ich aus meinen Gedanken gerissen. Jedes Mal blieb uns kurz das Herz stehen. Aber es war Gott sei Dank wieder Hertha. Sie sah müde aus. Es sei ein langer arbeitsreicher Tag gewesen, bestätigte sie meinen Eindruck. Doch nun wollten wir uns endlich unterhalten. Vorher sollte es aber noch ein leckeres Abendmahl geben. Sie hatte uns wieder Brot, diesmal aber auch einige Scheiben Braten und etwas Obst besorgt. Als Getränk gab es Kamillentee. Robin, der so etwas eigentlich nicht anrührte, trank begierig. Daran konnte ich sehen, welchen Durst er hatte.

Frisch gestärkt setzten wir uns zueinander. Bevor ich Hertha unsere ganze Geschichte erzählen wollte, sollte sie mir erstmal von ihrem Problem berichten. Sie erzählte ihre Geschichte: „Das Haus, in dem wir wohnen, wurde 1904 von meinen Eltern erbaut. Sie hatten nicht so viel Geld, um es gleich zu bezahlen. Und so nahmen sie ein Darlehen bei der hiesigen Darlehenskasse auf. Nun muss einmal jährlich ein bestimmter Betrag an die Darlehenskasse zurückgezahlt werden. Eigentlich ist das kein Problem. Mein Vater ist als Postangestellter beschäftigt und verdient dort gerade genug, dass wir immer Essen auf dem Tisch haben und den Darlehensbetrag jährlich zurückzahlen können. Vor einem Monat geschah jedoch folgendes: Mein Vater hatte von seinem Vorgesetzten den Auftrag bekommen, einen hohen Geldbetrag an einen Geschäftskunden zu überbringen. Er machte sich also abends nach der Arbeit auf den relativ kurzen Weg von ca. fünf Minuten, da sich sowohl die Kaiserliche Post als auch das Juweliergeschäft am Wedenkamp befinden. Der Kunde wollte mit dem Geld neues Gold zum Verarbeiten kaufen. Weil es sich um viel Geld handelte, nahm mein Vater sicherheitshalber einen Schlagstock mit. Falls jemand versuchen sollte, ihn zu überfallen, wollte er sich mit dem Stock zur Wehr setzen. Leider hatte mein Vater seine Kräfte überschätzt. Wie er befürchtet hatte, war irgendwelchen Bösewichten die Übergabe des Geldes zu Ohren gekommen. Sie verfolgten ihn.

Kurz vor dem Juwelier konnten sie ihn überwältigen, weil sie zu viert waren. Man zerrte ihn in eine Seitengasse und schlug ihn bewusstlos. Als er wieder zu sich kam, war das Geld natürlich weg. Mein Vater rannte sofort zu dem Juwelier und erzählte von dem Raub. Dieser glaubte ihm auch. Als er dann aber zurück zu seinem Vorgesetzten zur Post ging, sah dieser ihn bösartig an. Der Vorgesetzte, Herr Rabenhauer, mochte meinen Vater noch nie. Und hier sah er die Gelegenheit, ihm eins auszuwischen. Er bezichtigte ihn des Diebstahls und drohte, ihn an die Polizei zu melden, falls er nicht binnen eines Monats das Geld wieder zurückbringen würde. Da mein Vater nur ein einfacher Angestellter war, würde ihm bei der Polizei niemand glauben. Lange haben wir über das Problem gesprochen. Schließlich entschied mein Vater sich dazu, zunächst das Geld, welches für das Darlehen gespart wurde, zu nehmen und an die Post zurückzuzahlen. So hatte er wenigstens keine Anzeige mehr zu befürchten. Und der Betrag entsprach auch in etwa der gestohlenen Summe.

Aber nun ist in einer Woche die Darlehenssumme für die Darlehenskasse fällig. Und wir wissen nicht, wie wir diesen Betrag aufbringen sollen. Mein Vater und ich haben seitdem Sonderschichten bei der Arbeit eingelegt, um es wieder neu zu verdienen. Aber die Zeit ist einfach zu kurz. Wenn wir in einer Woche nicht das Geld bei der Kasse einzahlen, wird man uns das Haus wegnehmen. Es gibt einen Vertrag, wonach das Haus sofort in den Besitz der Darlehenskasse übergeht, wenn eine jährliche Rate nicht gezahlt werden kann. Dann wissen wir nicht, wohin wir sollen. Es ist schrecklich.

So habe ich am Abend vor Nikolaus Gott darum gebeten, mir ein Wunder zu schicken, das mir helfen kann, unser Haus doch zu behalten. Und langsam glaube ich, dass ihr dieses Wunder seid. Aber nun erzählt mir bitte, wie ihr hierher gekommen seid und welchem Zweig der Familie ihr angehört."

Jetzt war es an mir, unsere Geschichte zu erzählen. Ich begann: „Nun, langsam glaube ich das gleiche wie du. Wir sind nämlich auf recht sonderbare Weise hierher gelangt ...“ Da ich die Wahrheit jetzt für am besten hielt, erzählte ich Hertha schonungslos, was geschehen war. Ich sagte ihr auch, dass ich ihre Enkelin und Robin ihr Urenkel seien. Alle anderen Fakten über ihr späteres Leben – z. B. wie viele Kinder sie haben, wie oft sie heiraten würde usw. – ließ ich weg. Schließlich wusste ich aus verschiedenen Büchern, dass es die Zeitgeschichte unangenehm verändern könnte, wenn man zuviel erklärte. Hertha hatte dafür Verständnis. Sie wollte gar nicht wissen, wie genau ihr Leben verlaufen würde, war aber trotzdem sehr froh zu sehen, dass sie einen Urenkel hatte. Sie umarmte Robin herzlich. Und auch er fühlte sich gleich zu ihr hingezogen. Sie hatte so eine warmherzige Art, die ihn sich sofort heimisch fühlen ließ.

Und als ich sah, wie sie sich in den Armen lagen, hätte ich fast geweint. Wie oft hatte ich mir in meiner Zeit gewünscht, dass Robin seine Urgroßmutter hätte kennen lernen können. Ich hatte sie immer so geliebt und war oft traurig, dass sie und Robin sich nie begegnen würden.

Dann fragte sie mich nach dem Pergament mit dem Gedicht, welches wir gefunden hatten. Auch das Armband wollte sie gerne sehen. Das Gedicht konnte ich ihr mühelos zeigen, weil ich es in meinem Rucksack verstaut hatte. Aber plötzlich fiel mir ein, dass Robin das Armband zuletzt in der Hand hatte, als wir die Tür zur Brücke öffneten. Ich hatte schon die Befürchtung, dass es für immer verloren sei, als Robin mit folgender Bemerkung in seine Tasche griff: „Aber Mama, du weißt doch, dass du dich auf mich verlassen kannst. Als wir in die Brücke hineingingen, habe ich es gleich in meine Tasche gesteckt." Ich hätte ihn küssen können. Hertha betrachte das Gedicht und das Armband. Zuerst hatte ich gehofft, dass es sich bei dem Armband evtl. um ein Familienstück handelte und Hertha es wiedererkennen würde. Aber leider war das nicht der Fall. Also musste uns das Gedicht Aufschluss über unsere weitere Vorgehensweise geben. Ich las es noch einmal laut vor:

Zum tiefen Waldsee Ihr müsst geh'n
und rufen nach den Winterfeen.
Sie werden Euch helfen
zu erreichen den König der Elfen.

Teilt das Wasser mit gemeinsamer Hand
und werft hinein das Feengewand.

Um was für einen Waldsee konnte es sich wohl handeln? Mir waren aus unserer Zeit eigentlich nur der See in Sibirien und ein See im Liether Wald bekannt. Beide befanden sich an den Randgebieten von Elmshorn. Hertha war das Gebiet Sibirien nicht bekannt. Vielleicht hatte es zu dieser Zeit den dortigen See oder zumindest das Ausflugsgelände darum noch nicht gegeben. Also konzentrierten wir uns auf das Gelände von Lieth. Hertha würde am nächsten Abend mit uns dorthin gehen. Leider musste sie auch am nächsten Tag wieder bis zum späten Abend arbeiten.

Mittlerweile war es bereits nach 21.45 Uhr. Hertha musste unbedingt nach Hause, weil ihre Eltern sonst Verdacht schöpfen würden. Sie hatte gesagt, dass sie eine kranke Arbeitskollegin besuchen wollte.

Wir verabschiedeten uns und wünschten uns gegenseitig eine gute Nacht. Und die hatten wir auch. Nachdem wir in der letzten Nacht so unruhig geschlafen hatten, war der Schlaf diesmal geruhsamer. Natürlich nahm ich auch die Ereignisse der gestrigen Tage wieder mit in meine Träume. Aber mit einer Lösung wachte ich leider nicht auf. Robin schlief noch fest in meinem Arm, während ich auf den Morgen wartete. Ich vermisste Bernd. Hoffentlich würde ich ihn bald wieder sehen. Schließlich war doch in einigen Tagen Weihnachten. Aber ich würde die Hoffnung nicht aufgeben. Wir hatten hier einen Auftrag zu erfüllen. Ich vertraute darauf, dass wir danach wieder nach Hause gehen könnten. Doch noch war der Auftrag nicht erledigt. Irgendwie mussten wir dafür sorgen, dass meine Familie das Haus behalten konnte. Falls uns dies nicht gelänge, würde die Zukunft nämlich auch für uns nachhaltig verändert. Schließlich wusste ich, dass das Haus immer im Familienbesitz war, bis wir es 1994 verkauften. Würde es nicht mehr unserer Familie gehören, wie verliefe dann unser Leben?

Wo finden wir den geheimnisvollen See?

Inzwischen war Robin aufgewacht. Wir schrieben heute den 9. Dezember 1919. Wie ich es von ihm gewohnt war, hatte er wieder einen Riesenhunger. Wir warteten auf Hertha, die uns vor ihrem Weg zur Arbeit noch etwas Essen brachte. Robin stürzte sich wie ausgehungert darauf, ließ mir aber auch noch etwas übrig. Weil es hier keine Süßigkeiten gab, würden wir sicher um ein paar Pfunde ärmer wieder nach Hause kommen. Auch nicht schlecht! Hertha brachte uns zusätzlich eine Schüssel mit Wasser und Handtücher, damit wir uns waschen konnten. Das einzige, was etwas lästig war, betraf unsere Toilettengänge. Hinter der Hütte war ein so genanntes kleines Plumpsklo. Robin machte das erste Mal große Augen, als ich es ihm zeigte. Mir war so etwas aus meiner Kindheit nur aus der Zeit bekannt, als wir meine Großmutter väterlicherseits in der ehemaligen DDR besuchten. Sie hatte zu damaliger Zeit noch kein WC im Haus. Ich erinnerte mich mit Greul daran. Aber es führte nun einmal kein Weg daran vorbei. Wir gewöhnten uns somit schnell daran, dachten aber doch oft an den Komfort im 21. Jahrhundert.

Wir vereinbarten mit Hertha, dass Robin und ich heute trotzdem einmal in Richtung des mir be- kannten Sibirien gehen würden, um zu erforschen, ob es sich wirklich nicht um den dortigen See in unserem Gedicht handelte.

Nachdem wir uns ausreichend gestärkt und gewaschen hatten, stapften wir also los. Heute Morgen hatte es begonnen zu schneien. Und als wir losgingen, lag der Schnee schon zentimeterhoch. Hertha hatte uns leider keine alten Stiefel besorgen können. Aber zumindest hatten wir jeder ein zusätzliches Paar dicker selbst gestrickter Strümpfe von ihr bekommen und trugen unter den weiten Umhängen unsere modernen Stiefel.

Der Weg nach Sibirien betrug zu unserer Zeit etwa eine ¾ Stunde. Da ich aber keine Ahnung hatte, ob die Straßenverbindungen in dieser Zeit die gleichen waren, stellten wir uns auf einen weiteren Weg ein.

Gerade, als wir losgehen wollten, sah ich gegenüber aus dem „Langen Jammer" Joshy auf die Straße treten. Er erblickte uns und winkte uns gutgelaunt zu. Robin rannte zu ihm hinüber und lud ihn ein, uns zu begleiten. Den wahren Grund unseres Ausfluges nannten wir ihm nicht, nur dass wir gerne etwas frische Luft schnappen wollten.

Gott sei Dank fragte er nicht nach, warum wir aus dem Verschlag und nicht aus dem Haus der Ostermanns kamen.

Die Abkürzung über die Auto-Brücke zur Wrangelpromenade konnten wir vergessen, weil es die Brücke ja noch nicht gab. Dafür gab es zwei Fußübergänge über die Bahnschienen. So befanden wir uns relativ schnell auf der Friedensallee. Den Friedhof gab es auch schon 1919. Wir kürzten unseren Weg also darüber ab. Allerdings war er viel kleiner als 2006. Beim Überqueren des Geländes kamen wir am Grab unserer Familie vorbei. Es war der gleiche Grabstein darauf, der auch heute noch unser Grab schmückt. Ich erinnerte mich, dass wir ihn zum Begräbnis meines Opas aus Geldmangel hatten umdrehen und auf der Rückseite beschriften lassen. Hier stand er jetzt mit der Original-Vorderseite zu uns hin. Auch wenn es sich nur um ein Grab handelte, so fühlte ich doch Vertrautheit. Schließlich sah das Grab nicht viel anders aus als in unserer Zeit.

Doch nun weiter. Wir konnten teilweise kaum die Hand vor Augen sehen, so stark war der Schneefall mittlerweile geworden. Wir verließen den Friedhof durch einen Ausgang nahe der Fuchsberger Allee. In unserer Zeit war dort ein Ponyhof, den auch ich häufig besucht hatte. Allerdings führte hier keine gut ausgebaute Straße auf Sibirien zu, sondern nur ein holpriger Fußweg. Diesem folgten wir. Den See gab es tatsächlich schon, aber er war umzäunt und somit nicht zugänglich. Ich hatte ihn auch viel größer in Erinnerung. Zwar war aus dem Gedicht nicht zu entnehmen, um welchen See es sich handeln mochte, aber alles in mir hatte arge Zweifel, dass dies der richtige See war. Robin war inzwischen schon richtig durchgefroren. Wir beschlossen also, wieder nach „Hause" zu gehen. Dafür, dass Robin derartige Gewaltmärsche nicht gewohnt war, hielt er klasse durch. Nur einmal musste ich lachen, als er bekundete, wie ihm doch das Fernsehen fehle. Mir dagegen fehlte mein Mann viel mehr.

Robin genoss die Gesellschaft von Joshy. Die beiden bewarfen sich übermütig mit Schneebällen und wälzten sich gnadenlos in der inzwischen geschlossenen Schneedecke.

Gegen 16.15 Uhr waren wir wieder in unserem kleinen Verschlag. Hertha musste in ihrer Mittagspause daheim gewesen sein, weil wir ein kleines Päckchen mit rohem Gemüse, etwas Marmelade und Brot sowie Butter vorfanden. Dazu hatte sie uns eine Flasche mit kaltem Tee gestellt. Also stärkten wir uns verdientermaßen nach unserem Gewaltmarsch.

Joshy hatte sich verabschiedet, weil er seiner Mutter noch beim Holzhacken helfen musste. Weil die von Hertha hinterlegte Mahlzeit recht üppig ausgefallen war, beschlossen wir, das nicht von uns vertilgte Brot und die Marmelade der Familie Münster zu bringen.

Der verhängnisvolle Unfall

Als wir dort ankamen, öffnete Joshy uns die Tür mit einem traurigen Gesicht. Ich fragte schnell, was geschehen sei. Er erklärte, dass seine Mutter heute in der Mühle einen Unfall gehabt hatte. Ein Mehlsack war vom Lastwagen heruntergefallen und hatte sie unter sich begraben. Der herbeigerufene Arzt hatte einen Bruch des Schlüsselbeins diagnostiziert.

In unserer Zeit wäre dies nicht schlimm. Man hätte einen festen Stützverband bekommen und wäre nach einigen Wochen wieder in der Lage zu arbeiten. Aber für Frau Münster war der Unfall ein Weltuntergang. Sie konnte nun kein Geld mehr verdienen. Zwar wollte ihr Mann gleich morgen zum Besitzer der Mühle gehen und darum bitten, dass er die Arbeit seiner Frau ausführen dürfe. Doch dies war bereits einmal abgelehnt worden.

Als Herr Münster nach Ende des Krieges bei dem Mühlenbesitzer wegen einer Arbeit vorgesprochen hatte, war er abgelehnt worden, weil der Besitzer eine Abneigung gegen Soldaten hatte. Sein Sohn Sven war von einem Soldaten irrtümlich getötet worden, obwohl Sven sich nicht an Kriegshandlungen beteiligt hatte.

Herr Kröger, der Mühlenbesitzer, hasste somit alle Soldaten und würde nie einem von ihnen eine Arbeit geben. Es blieb nun abzuwarten, ob dieser Notfall aufgrund des Unfalles von Frau Münster sein Herz erweichen könnte.

Wir beschlossen, am kommenden Tag mit Herrn Münster zum Mühlenbesitzer zu gehen, um für ihn ein gutes Wort einzulegen.

Nachdem wir Frau Münster das Nachtlager so gut als möglich hergerichtet hatten, verabschiedeten wir uns von der uns inzwischen ans Herz gewachsenen Familie. Was sollten sie nur tun, wenn nun keiner der Erwachsenen mehr Arbeit hatte.

Um 18.40 Uhr traf dann auch Hertha wieder ein. Ich berichtete von meinem Gefühl bezüglich des Sees in Sibirien. Da diese Zeitreise die Realitäten derart durcheinandergebracht hatte und wissenschaftliche Weisheiten zunichte machte, empfanden wir, dass uns kaum mehr etwas als unsere Intuition blieb. So verließen wir uns darauf und machten uns auf den Weg nach Lieth. Es war ungefähr so weit wie nach Sibirien. Robin stöhnte ziemlich, als wir den Erholungswald von Lieth betraten. Er würde heute Nacht bestimmt wieder gut schlafen können. Der Baumbestand des Waldes war noch sehr mager. Meines Wissens wurde der Wald erst in den folgenden Jahren aufgeforstet.

Die erste Begegnung mit den Elfen

Inzwischen war es stockdunkel. Wir überlegten, wie wir in dieser Dunkelheit weitergehen konnten, als mir die Taschenlampe einfiel, die ich mitgenommen hatte. Ich holte sie aus meinem Rucksack, den ich im übrigen inzwischen immer unter meinem Umhang trug, weil es in der Zeit um 1919 solche modernen Rucksäcke noch nicht gab. Sowohl Hertha als auch wir kannten etwa den Weg zum See. Aber in der absoluten Dunkelheit war es doch schwieriger als gedacht. Wir irrten einige Zeit herum, dann entdeckten wir das Gewässer, welches allerdings sehr viel kleiner war als heutzutage. Offensichtlich wurden auch die großen Teiche erst später angelegt.

Die dunkle Nacht sorgte bei uns allen für reichlich Gänsehaut. Trotz der Taschenlampe wirkten die knorrigen Bäume unheimlich. Es war inzwischen ein starker Wind aufgekommen und überall knackte und jaulte es bedrohlich.

Einmal wären wir beinahe über einen auf den Weg gekippten Baum gefallen. Robin konnte schon immer gut im Dunkeln sehen, und so hatte er gerade noch die Möglichkeit uns zu warnen, ehe wir auf dem Boden lagen.

In der Ferne meinten wir sogar, einen Wolf heulen zu hören. Auch so etwas war in unserer Zeit fast undenkbar. Wölfe kannte Robin nur aus dem Tierpark. Hertha bestätigte uns, dass es noch Wölfe in den nahe liegenden Wäldern gab, was für uns eher keine Beruhigung war. Ängstlich tasteten wir uns bis zum Ufer weiter vor.

Leider hatte es inzwischen gefroren. Wir holten das Gedicht heraus. Am Waldsee waren wir nun. Jetzt sollten wir die Winterfeen rufen und das Wasser mit gemeinsamer Hand teilen. Aber was war mit dem Feengewand, das wir hineinwerfen sollten. Wo bekamen wir das her? Feengewänder bestanden unserer Meinung nach aus einem durchsichtigen Stoff, leicht und weich in einer zarten Pastellfarbe. So stellten wir sie uns zumindest vor. Aber das einzige, was mir einfiel, war mein Halstuch. Es bestand aus einem dünnen rosafarbenen Polyesterstoff, leicht und weich. Gemeinsam hackten wir mit einem dicken Stock ein ca. 50 cm großes Loch in den See. Dann nahmen wir uns an den Händen und hielten sie ins Wasser. Wir riefen: „Winterfeen, helft uns!" Aber nichts geschah. Jetzt warfen wir das Halstuch ins Wasser. Es tat sich immer noch nichts. Traurig blickten wir in den schwarzen See. Schließlich wendeten wir uns ab. Man sah Hertha an, wie sich alle ihre Hoffnungen, das Haus zu retten, in Nichts auflösten.

Doch plötzlich bewegte sich das Wasser sanft. Wir hörten leise Klänge. Dicht aneinander gedrängt betrachteten wir das Schauspiel. Das Wasser teilte sich, und wie von Geisterhand erschien eine Gestalt aus der Tiefe. Sie schwebte langsam herauf und näherte sich uns. Sie hatte mein Halstuch in der Hand und lächelte uns freundlich an.

„Wer seid ihr, und woher kennt ihr das Ritual des Geschenks an die Feen?", fragte sie uns mit einer weichen Stimme. Wir erzählten ihr von dem Gedicht und unserem Problem mit der Errettung des Hauses. Dann fragten wir sie, was es bedeuten würde, dass sie uns zu dem König der Elfen bringen könnte. Sie erklärte uns, dass die Feen zum Volk der Elfen gehörten. Wer zum Elfenkönig wollte, musste zuerst von den Feen angehört werden. Im Winter verrichteten die Winterfeen diesen Dienst, im Frühjahr die Frühjahrsfeen und so weiter. Man konnte die Feen aber nur erreichen, wenn man ein Stück Stoff ins Wasser warf, welches die Feen zum Nähen eines neuen Gewandes gebrauchen konnten. Und dies war hier der Fall. Der feine Stoff meines Halstuchs war ideal, um ein neues Feengewand zu fertigen.

Hierbei musste man bedenken, dass die Feen nicht die Größe von Menschen hatten, sondern nur etwa von den heutigen Barbiepuppen. So reichte ein Halstuch also tatsächlich für ein neues Gewand aus. Im übrigen waren die Feen aber viel hübscher als eine Barbie. Sie hatten wunderschöne freundliche Gesichter und lange wallende Haare in allen möglichen Farben. Die Fee, mit der wir sprachen, stellte sich als Felicity vor und schien noch recht jung zu sein. Sie wollte alles in ihrer Macht stehende tun, um uns zu helfen.

Aber sie warnte uns vor dem Elfenkönig. Er sei zwar generell ein sehr freundlicher gerechter Mann. Vor einem Jahr jedoch starb seine geliebte Frau. Seitdem hatte seine einzige Tochter Sophie nie wieder gelacht. Der König hatte den Tod seiner Frau einigermaßen überwunden, aber es brach ihm das Herz, dass seine Tochter immer so traurig war. Und das machte ihn oft ungerecht.

Wir baten Felicity trotzdem darum, uns dem König vorzustellen. Sie stimmte widerwillig zu, hatte aber die Befürchtung, dass er uns nicht empfangen würde.

Sie führte uns ein weiteres Stück in den Wald hinein. Wir gelangten an eine kleine Höhle, die kaum so groß war, dass wir ungebückt gehen konnten. Aber schließlich waren Feen und wahrscheinlich auch Elfen eben doch wesentlich kleiner als Menschen. Wir gingen etwa 15 Minuten durch verschiedene Gänge. Schnell wurde mir klar, dass ich den Weg hinaus nie alleine würde finden. Aber ich vertraute auf Felicity. Dann erreichten wir einen unterirdischen See. Es sah ähnlich aus wie in einer Tropfsteinhöhle mit all ihren Stalagmiten und Stalagtiten. An den Wänden waren Fackeln angebracht, die in allen möglichen Farben glänzten, obwohl das Feuer doch immer nur orange-rot war. Vor uns stand auf einer kleinen Erhebung ein großer, kunstvoll mit Holzschnitzereien verzierter Stuhl. Auf diesem saß ein kleiner Mann, der einen langen burgunderroten Umhang und eine schlichte goldene Krone auf dem Kopf trug.

Bevor er uns ansprach, rief ich mir noch schnell die Strophe des Gedichts ins Gedächtnis, die jetzt von Wichtigkeit war:

Ihr müsst dem geheimen König
einen Wunsch erfüll'n
und seine traurige Tochter in Freude hüll'n.

Und dann sprach der König mit einer tiefen alten Stimme: „Wer seid ihr, und was wollt ihr von mir?" Er wirkte sehr schwermütig, aber nicht unfreundlich. Hertha erzählte von ihrem Problem mit der Beschaffung des Geldes. Danach waren wir an der Reihe. Ich erzählte dem König, wie wir hierher gelangt waren und dass wir Hertha helfen wollten. Wir ließen nichts aus, auch nicht die Ost-West-Brücke, die dem König bekannt zu sein schien. Nachdem ich geendet hatte, berichtete er, dass in den letzten hundert Jahren bereits zwei Besuche aus der Zukunft stattgefunden hatten. Auch die vorherigen Besucher waren über diese Brücke in die Vergangenheit gelangt. Offensichtlich handelte es sich um ein geheimes Tor, welches regelmäßig zu einer bestimmten Sternenkonstellation geöffnet wurde.

Er blickte uns lange an, bevor er wieder zu reden begann: „Als König habe ich viele Fähigkeiten. Ich kann euch vielleicht helfen. Es ist aber unter uns Elfen und Kobolden Sitte, dass ich euch nur helfe, wenn ihr mir ein Geschenk macht, welches mein Herz wirklich erfreut." Wir fragten ihn, was für ein Geschenk ihn denn erfreuen würde. Doch teilte er uns mit, dass er dies nicht sagen dürfe. Es wäre sehr wichtig, dass wir uns darüber selbst Gedanken machen, damit er sähe, dass wir uns sehr bemüht hatten. Dann sprach er weiter. Er verlangte von uns noch, dass wir seine Tochter wieder fröhlich machen. Mit diesen Auflagen versehen, verließ er uns. Wir waren wieder mit Felicity allein. Sie sah uns mitleidig an. „Ich kann euch zwar nicht sagen, was seine Tochter glücklich machen würde, außer, wenn ihre Mutter wieder da wäre. Aber was dem König gefallen würde, dass wüsste ich schon. Ihr dürft nur nicht sagen, dass ich es euch verraten habe!" Wir versicherten ihr dies und sahen sie erwartungsvoll an.

Das Geschenk

Sie fuhr fort: „Seit der König laufen kann, hat er immer höllische Schmerzen in den Füßen. Der Boden hier in der Höhe ist steinhart. Wir Feen und die Elfen können ja fliegen. Den Kobolden, und damit auch dem König, ist dies aber nicht möglich. Er hat zwar ein Paar selbst genähter Stiefel an, aber sie sind so leicht, dass der König jeden spitzen Stein dadurch spürt. Er mag deshalb schon kaum noch laufen und begibt sich nie nach draußen vor die Höhle. Vielleicht fällt euch dazu ein, wie ihr ihm helfen könnt. So, jetzt bringe ich euch aus der Höhle zum Waldrand. Morgen um die gleiche Zeit treffen wir uns wieder am See. Vielleicht habt ihr dann schon ein Geschenk für den König. Ich wünsche es euch so sehr.“

Wir nahmen Abschied von Felicity und gingen rasch nach Hause. Auf dem Rückweg zermarterten wir uns den Kopf. Robin lag ganz richtig, als er meinte, dass der König ein Paar richtig gute luftgepolsterte Schuhe kaufen sollte. Hertha sah uns irritiert an und fragte, was für Schuhe denn das seien. Wir erklärten ihr, dass es in unserer Zeit Schuhe mit Luft- oder auch Gelpolstern gäbe, auf denen man wunderbar laufen könne. Robin waren sie aus dem Werbefernsehen bekannt.

Aber solche Schuhe konnten wir eben nicht auftreiben, weil es sie zu dieser Zeit noch nicht gab. Doch plötzlich hatte Hertha eine Idee. Sie erzählte uns eine alte Geschichte, die auch mir von meiner Mutter oft berichtet worden war. Herthas Mutter war als Näherin ausgebildet und hatte sich vor ihrer Hochzeit um 1890 so ihr Geld verdient. Weil sie sich auf die Anfertigung von kunstvollen Schuhen spezialisiert hatte, bekam sie eines Tages ein einmaliges Angebot. Sie sollte in Berlin Schuhe für den deutschen Kaiser anfertigen. Sie nahm das Angebot natürlich gerne an und nähte ihm ein Paar wunderhübsche und dazu noch extra bequeme Stiefel. Sie fütterte damals die Sohlen mit einer extra dicken Lage aus Schaffell, so dass man darauf besonders weich gehen konnte. Das war die Lösung. Nur wer konnte solche Schuhe für uns nähen? „Das ist doch kein Problem," erklärte Hertha, "ich habe das Nähen von meiner Mutter gelernt. Wir haben immer Stoffe, Leder und alles dafür nötige im Haus, obwohl wir unsere Stiefel immer gebraucht kaufen, weil es einfach zu aufwendig ist, für jeden die Stiefel selbst zu fertigen. Wenn ich mich gleich an die Arbeit mache, bin ich bis morgen früh fertig. Ich hoffe dann nur noch, dass sie dem König auch gefallen. Ihr beide könnt euch ja Gedanken darüber machen, wie die Tochter des Königs wieder glücklich wird." Wir verabschiedeten uns und gingen in unsere kleine Hütte. Dort lagen wir noch lange wach, ehe wir erschöpft einschliefen. Eine Idee war uns noch nicht gekommen.

Wir erwachten kurz nach Sonnenaufgang am Freitag, dem 10. Dezember 1919. Hertha hatte uns Frühstück gebracht, ohne dass wir erwacht waren. Sie war wohl schon zur Arbeit gegangen, so dass wir nun gar nicht wussten, ob sie die Stiefel hatte nähen können. Wir hofften aber auf ihre Fertigkeiten, von denen ich mich als Kind schon überzeugt hatte. Meine Oma hatte nämlich damals eine Näherei und Kunststopferei geleitet. Sie war eine Meisterin ihres Fachs.

Diesmal war Robin es, der einen Traum hatte, welcher uns sicher weiterhelfen konnte. Er hatte sich im Traum in die Tochter des Königs hineinversetzt und gefühlt, dass sie wohl sehr einsam sein musste. Es gab dort kaum Kinder ihres Alters. Die Fee hatte uns gesagt, dass Sophie elf Jahre alt sei und keine Freundinnen hatte. Darum war ihre Mutter auch ihre einzige Bezugsperson gewesen. Sie hatte mit ihr gespielt und war gleichzeitig ihre Freundin. Sophie hatte also nicht nur die Mutter sondern weitaus mehr verloren. Robin nahm sich vor, am Abend mit ihr Kontakt aufzunehmen und mit ihr zu spielen. Zwar glaubte ich nicht, dass es so einfach sein würde, aber zumindest war es ein Hoffnungsschimmer.

Tagsüber gingen wir noch einmal durch das alte Elmshorn. Diese Welt war zwar ganz anders als unsere, ohne die technischen Errungenschaften der Zukunft wie Autos, Fernsehen, Waschmaschinen, elektrische Öfen und so weiter. Aber es hatte auch ganz zweifellos seine Vorzüge. Wann hatten Robin und ich schon einmal soviel Zeit miteinander verbracht, ohne durch die Medien, insbesondere das Fernsehen, abgelenkt zu werden. Die Zeit war nicht so schnelllebig und unruhig. Kaiser Wilhelm, II. hatte nach dem Krieg abgedankt und das Volk sich selbst überlassen. Auch wenn wir uns jetzt in einer Zeit befanden, wo der Erste Weltkrieg erst ein Jahr her und Nahrungsmittel knapp waren, so spürte man in den Menschen doch eine Ausgeglichenheit, die sich auch auf uns übertrug. Schon nach drei Tagen konnten wir in die Stadt gehen und wurden von den Leuten dort freundlich begrüßt. Alle gingen einfach nett miteinander um, obwohl jeder bestimmt auch seine Sorgen hatte. Schließlich war nicht viel Geld im Umlauf, und die Leute mussten hart für ihren Lebensunterhalt arbeiten. Eine Frau, die am Wedenkamp Äpfel und Kartoffeln an einem kleinen Marktstand verkaufte, schenkte Robin heute sogar einen Apfel. Er bedankte sich artig, und wir gingen wieder zurück zum Spitzer Dorf.

Dort stießen wir auf Joshy, der lustlos mit einem Ball vor dem Haus spielte. Ich fragte ihn, ob sein Vater jetzt bereit wäre, zu Herrn Kröger zu gehen. Joshy schüttelte den Kopf und bat uns herein.

Dort erwartete uns ein Bild des Jammers. Herr Münster saß auf einem Stuhl am Tisch und stützte den Kopf in die Hände. Als wir eintraten, sah er auf. Ich konnte seinem Gesicht ansehen, dass er den schweren Weg zu Herrn Kröger bereits gegangen war. Leider hatte sich der erhoffte Erfolg nicht eingestellt. Der Mühlenbesitzer hatte ihn erbärmlich beschimpft und vom Hof gejagt.

Nun wusste die Familie nicht mehr, wo sie das Essen für die nächste Woche hernehmen sollte, falls Herr Münster nicht schnellstens eine neue Arbeit fand.

Ein geheimnisvolles Fieber

Frau Münster ging es auch nicht besser. Zu ihrem Schlüsselbeinbruch hatte sie Fieber bekommen. Der Arzt konnte nicht herausfinden, woher dies kam. Wahrscheinlich war es aufgrund der psychischen Anspannung entstanden. Wadenwickel hatten bisher keinen Erfolg gebracht. Weil das Fieber nun auf über 39 Grad angestiegen war, wollte der Arzt Frau Münster ins Krankenhaus bringen lassen. Aber die Familie hatte nicht das Geld, einen Krankenhausaufenthalt zu bezahlen. Wie sollte es nur weitergehen?

Ich erinnerte mich, dass ich in meinem Rucksack immer eine Schachtel Aspirin hatte. Ich holte sie rasch heraus und bat Joshy, eine Tablette in einem Glas Wasser aufzulösen. Er sollte seiner Mutter nachts noch einmal eine Tablette geben und dann wieder am Morgen. Er fragte, um was für ein Mittel es sich handele.

Doch wie sollte ich ihm erklären, dass ich über derartig moderne Medikamente verfügte? Ich entschloss mich ein zweites Mal in diesem Jahrhundert für die Wahrheit. Aber Joshy sollte sie nicht an seine Familie weitergeben. Das Risiko war einfach zu groß.

Wie sich herausstellte, ahnte er bereits etwas, weil er uns am Vortag aus dem Verschlag hatte kommen sehen und sich doch so seine Gedanken machte, warum wir nicht das Haus bewohnten.

Wir verabschiedeten uns und versicherten, am nächsten Morgen gleich wieder nach Frau Münster zu sehen.

Schnell liefen wir über die Straße und wendeten uns unserem Verschlag zu. Wir öffneten ihn und wollten hineingehen. Doch da bekamen wir einen riesigen Schreck.

Entdeckt!

Im Inneren saß ein Mann und wartete ganz offensichtlich auf uns. Fliehen konnten wir nicht mehr. Er hatte uns bereits entdeckt und sprang auf. Wütend forderte er uns auf, hereinzukommen und fing an, uns zu beschimpfen. Wir seien Schmarotzer und Diebe, hätten uns einfach seinen Verschlag angeeignet und aus seiner Küche Nahrungsmittel gestohlen. Wir waren wie vor den Kopf gestoßen. Er drohte uns an, die Polizei zu rufen. Ich geriet in Panik. Wie sollte ich das alles erklären, ohne dass er denken würde, wir wären verrückt. Was sollte ich nun tun? Ich wollte nicht mit Robin zur Polizei gebracht und in ein Gefängnis gesperrt werden. Wir mussten also irgendwie schnell fliehen. Aber wie? Der Mann sah sehr sportlich aus. Er würde zumindest mich schnell erwischen. Und was würde aus Robin, selbst wenn er ihm entkommen könnte?

Als er uns gerade abführen wollte, öffnete sich die Tür erneut. Diesmal war es Hertha. Sie sah uns erschrocken an und trat ein. Doch dann breitete sich ein Lächeln auf ihrem Gesicht aus. „Ah, ihr habt meinen Vater also schon kennen gelerrnt. Papa, darf ich dir deine Verwandten vorstellen? Das sind Christiane und Robin!", sagte Hertha. Ihr Vater sah sie erstaunt an. Aber man sah, dass er sich langsam beruhigte. Er bat jedoch um eine Erklärung.

Inzwischen war es schon nach 18.00 Uhr. Uns saß doch die Zeit im Nacken, weil wir zum Elfenkönig mussten. Er wartete bestimmt schon auf uns. Und vielleicht würde er uns später nicht mehr empfangen.

Doch Herthas Vater ließ uns nicht aus den Augen. Wir gingen also alle in das Haupthaus. Es war ein sonderbares Gefühl. Schließlich hatte ich über 38 Jahre meines Lebens selbst dort verbracht. Trotzdem war es natürlich 1919 noch völlig anders eingerichtet. An der Haustür kam uns eine groß gewachsene Frau mit lebhaften Gesichtszügen entgegen. „Ja, was ist denn hier los?", verkündete sie entschieden. „Herrmann, was geht hier vor? Hast du die Diebe gefasst?" Es war offensichtlich die Mutter von Hertha. Ihr Mann, Herrmann Ostermann, beruhigte sie und wies uns den Weg ins Wohnzimmer. Es war ausgestattet mit dunklen verschnörkelten Schränken und einem recht unbequem wirkenden schmalen Sofa in einem grünlichen Farbton. Die Tapeten waren verziert mit großblumigen Mustern in beigen und braunen Farben. In der Mitte stand – wie auch zu Zeiten meiner Großmutter in den 70er Jahren – ein runder Tisch mit sechs Stühlen daran. Wir wurden aufgefordert, uns hinzusetzen. Hertha ergriff vor mir das Wort. Sie bat ihren Vater und die Mutter einfach nur zuzuhören, so unglaublich alles wirken würde, was wir von uns gäben. Sie willigten ein. Obwohl sie sehr erwachsen und vernünftig wirkten, hatten sie aber doch das gleiche kecke Lächeln im Gesicht wie Hertha. Wir erzählten unsere Geschichte also erneut, genau so wie sie sich zugetragen hatte. Bisweilen sah ich den Vater und die Mutter von Hertha an und musste über ihre groß gewordenen Augen fast schmunzeln. Hertha trug dann und wann ihren Teil der Geschichte dazu bei.

Als wir geendet hatten, erhob Herrmann das Wort. „Ich bin recht verwirrt, muss ich zugeben. Ich finde es zwar sehr löblich, dass ihr versucht, unser Haus zu retten. Allerdings bezweifele ich, dass dies der rechte Weg ist. Und leider glaube ich euch die Geschichte von den Elfen und Feen nicht ganz. Ich kann mir nicht vorstellen, dass es so etwas wirklich geben soll. Obwohl auch meine Großeltern mir oft davon erzählt haben. Besonders hier in Elmshorn ranken sich viele Geschichten um das Elfenvolk. Aber auch wenn ich euch nicht glaube, so spüre ich, dass ihr irgendwie zu uns gehört. Leider weiß ich nun gar nicht, was ich machen soll. Ich bin am Ende meiner Weisheit." Er seufzte tief, als seine Frau ihm liebevoll den Arm drückte. „Lieber Herrmann, ich kann mir deine Skepsis vorstellen. Aber nun möchte ich von einem Erlebnis aus meiner Kindheit erzählen. Ich war einst im Liether Wald und habe damals zwischen einer Baumgruppe eine Lichtgestalt gesehen. Lange war ich mir nicht sicher, was ich dort eigentlich beobachtet hatte. Aber als meine Oma mir von dem Elfenvolk erzählte, war mir klar, dass es sich um ein solches Wesen gehandelt haben musste. Ich glaube Hertha und den beiden also. Wir sollten keinen Versuch unbeachtet lassen, um das Haus zu retten. Hertha, wie weit bist du mit den Stiefeln des Königs?", fragte sie ihre Tochter. Hertha blickte traurig drein. „Ich habe sie fast fertig. Nur mit den Sohlen komme ich nicht weiter. Zwar weiß ich, wie du mir immer von den Schuhen erzählt hast, die du für den Kaiser gefertigt hast, aber ich bekomme es irgendwie nicht richtig hin!", endete sie.

„Na, dann her damit, ich werde sie schnell fertigstellen. Und dann wird euch Herrmann in den Wald fahren. Der Elfenkönig wartet sicher schon." „Was für eine großartige Frau!", dachte ich bei mir. Sie passt genau in die Linie der starken Frauen unserer Familie.

Marie beendete also das Werk ihrer Tochter und lobte sie für ihre Vorarbeit. Die Stiefel waren wundervoll gearbeitet. Und nachdem sie fertiggestellt waren, schlüpfte ich spaßeshalber einmal hinein. Ich habe noch nie auf solch weichen Sohlen gestanden. Es war, als würde man auf Wolken schweben. Aber nun war Eile geboten. Herrmann spannte schnell die Kutsche an und brachte uns durch den weiterhin starken Schneefall rasch zum Wald.

Wird der König zufrieden sein?

Wir rannten, so rasch wir konnten, zum See. Herrmann wartete am Waldrand auf uns. Wir ließen die Hände in das noch offene Eisloch gleiten und riefen die Winterfee. Felicity schien schon auf uns gewartet zu haben. Geschwind kam sie aus dem Wasser geflogen. Sie hielt uns zur Eile an, weil den Menschen der Weg zu den Elfen am Abend immer nur für eine kurze Zeit geöffnet war. Dann verschloss sich die Höhle auf magische Weise und konnte sich erst am folgenden Abend erneut öffnen. So waren die Elfen und Kobolde vor den Menschen geschützt. Niemand konnte durch Zufall ihre Höhle finden.

Wir wurden wieder in die Höhle geleitet und zum König geführt. Er begrüßte uns mit den Worten: „Meine lieben Freunde, konntet ihr die Aufgaben lösen, die ich euch gestellt habe? Ich hoffe es so sehr, besonders um meiner Tochter Willen."

Hertha trat zögernd vor und überreichte dem König das von ihr und ihrer Mutter gefertigte Paar Stiefel. Der König sah sie fragend an. Dann streifte er die Stiefel über und tat einige Schritte. Ein seeliges Lächeln breitete sich auf seinem Gesicht aus. „Das gibt es ja gar nicht. Ich kann ohne Schmerzen laufen. Was für ein Zauber steckt in diesen Stiefeln?", wollte er wissen. Hertha beschrieb ihm, wie ihre Mutter einmal für den Kaiser Schuhe genäht hatte und erklärte das Geheimnis der Sohlen aus Schafwolle. Der König war begeistert.

„Ich danke euch. Ihr habt mir einen sehr großen Wunsch erfüllt. Endlich macht mir das Laufen wieder Freude. Ich kann mich von meiner Höhle entfernen, ohne unendliche Schmerzen an den Füßen zu ertragen. Aber konntet ihr auch einen Weg finden, meiner Tochter zu helfen? Doch bedenkt, ihr habt nur noch fünf Minuten, bevor sich das Tor zwischen eurer Welt und meiner schließt."

Darauf waren wir nicht gefasst. Robin wollte Sophie doch erst einmal kennen lernen, damit wir dann sehen, ob wir ihr helfen können. Und so war ich sehr überrascht, als mein Sohn das Wort ergriff: „Mama, bitte lass mich bis zum nächsten Abend hier bleiben. Ich will sehen, was ich für Sophie tun kann." Ich wusste nicht, wie ich reagieren sollte. Ich konnte doch mein Kind nicht allein bei mir völlig fremden Leuten und dann noch Kobolden lassen. Was würde mit ihm passieren, wenn ich nicht bei ihm bin? Ich fragte also den König, ob ich nicht auch in der Höhle bleiben konnte. Aber er musste leider verneinen. Es sei nur Kobolden und Feen erlaubt, tagsüber in der Höhe zu bleiben. Lediglich jungen Menschen, die noch über ein kindliches Gemüt verfügten, sei es erlaubt, die unterirdischen Gewölbe auch tagsüber zu betreten. Und so musste ich schweren Herzens meinen Sohn dort allein lassen. Aber die Zuversicht, die Robin in diesem Moment ausstrahlte, beruhigte mich ein wenig. Wenn er so sehr auf sein Gefühl vertraute, konnte ich es auch tun. Wir verabschiedeten uns schnell. Dann brachte Felicity uns hinaus. Kurz nachdem wir die Höhle verlassen hatten, verschwand sie vor unseren Augen. Felicity beruhigte mich und bestätigte mir, dass die Entscheidung richtig war.

Also gingen Hertha und ich zurück zu ihrem Vater. Er wartete ungeduldig und war sehr erschrocken, als er sah, dass ich ohne Robin wiederkam. Wir erklärten ihm die Situation. Er war sehr skeptisch, vertraute aber auf unser Gefühl. Auch dies war eine Eigenschaft, auf die sich die Leute der früheren Jahrhunderte weitaus mehr verließen. Und dieses Vertrauen auf die Intuition verschaffte einem letztlich doch Beruhigung. „Alles wird gut!", dachte ich bei mir, als ich auf den Wagen stieg.

Wir fuhren nach Hause und berichteten auch Marie Ostermann von den Geschehnissen. Diese Nacht schlief ich nicht im Verschlag, sondern durfte im Haus im Zimmer von Hertha nächtigen. Ich war sehr dankbar, endlich einmal etwas weicher und wärmer zu liegen. Trotzdem musste ich die ganze Nacht an Robin denken. Ich vermisste ihn so sehr. Hoffentlich ging es ihm gut. Einmal gegen Mitternacht wachte ich erschrocken auf, weil ich dachte, Robins Stimme zu hören. Ich glaubte folgende

Worte zu vernehmen: „Mama, sorge dich nicht. Es geht mir gut. Alle sind sehr nett zu mir. Bis morgen Abend. Schlaf gut." Und in diesem Moment wusste ich, dass die innige Verbindung, die Robin und ich zueinander hatten, offensichtlich einen Weg gefunden hatte, der es uns ermöglichte, uns über weite Entfernungen hinweg verständigen zu können. Beruhigt schlief ich wieder ein.

Robin erlebte inzwischen eine wunderbare Welt. Nachdem wir ihn verlassen hatten, zogen er und Sophie sich zunächst in ihr Zimmer zurück. Es war wunderschön. Das Bett war in die steinerne Höhlenwand gehauen und erinnerte an einen Alkoven. Überall leuchteten in den Wänden die schönsten Edelsteine, die von einem geheimnisvollen Licht angestrahlt wurden. Sophie wollte natürlich wissen, wie Robin hierhergekommen war und wie es in der Zukunft sein würde. Er berichtete über alles, was ihm einfiel. Natürlich vergaß er auch seine Yu-Gi-Oh-Karten nicht. Er beschrieb Sophie die Monster auf den Karten in allen Einzelheiten. Sie war begeistert!

Dann war Sophie an der Reihe. Sie erzählte von ihrer Einsamkeit seit dem Tod der Mutter. Robin war überrascht. Schließlich gab es bei ihm Zuhause viele Kinder, mit denen er spielen konnte, wenn ich einmal nicht greifbar war. Sophie aber sagte, dass es bei den Elfen und Kobolden sehr wenige Kinder gäbe. Es war jedes Mal wie ein kleines Wunder, wenn sich ein Kind ankündigte. Deshalb war das Volk der Elfen und Kobolde auch schon am Aussterben. Warum so wenige Kinder geboren wurden, konnte niemand erklären. Und so war Sophie allein. Der Tod ihrer Mutter hatte sie daher so besonders hart getroffen. Und ihr Vater war auch kein rechter Trost, weil er ja selbst den Tod der geliebten Ehefrau beklagte.

Danach ging Sophie mit Robin zu ihrem Lieblingsplatz. Sie stiegen tief in die Höhle hinab. Als Proviant hatten sie einiges Obst und Wasser mitgenommen. Nach einer Stunde des Wanderns durch die verschiedensten Gänge kamen sie an einem kleinen See an. Das Wasser war völlig klar und wurde unterirdisch mit einem bläulichen Licht ausgeleuchtet. Man konnte kaum bis auf den Grund sehen, so tief war der See. Er hieß „See der Hoffnung". Sophie kam jeden Tag hierher und wünschte sich am See, dass ihr Leben wieder schöner würde. Und nun hatte sich ihr Wunsch offensichtlich erfüllt.

Lange saßen Robin und sie noch am See, bevor sie sich wieder zu ihrem Zimmer begaben. Manchmal schwiegen sie lange Zeit miteinander, ohne dass es unangenehm war. Offensichtlich hatten sich zwei verwandte Seelen getroffen …

Marie hilft in der Not!

Hertha und ich erwachten am Samstag, dem 11. Dezember des Jahres 1919 um fünf Uhr. Marie hatte uns schon ein Frühstück zubereitet. Hertha musste sich sputen, weil sie heute morgen besonders früh zur Arbeit musste. Herrmann war bereits aus dem Haus gegangen, da auch er ja noch Sonderschichten arbeitete, um das fehlende Geld zu verdienen.

So waren Marie und ich ab 7.00 Uhr allein. Ich half ihr beim Abdecken des Tisches und bei weiteren Hausarbeiten. Dann zeigte sie mir auf mein Bitten hin das ganze Haus. Ich war überrascht, wie schön es auch im ersten Stock und auf dem Dachboden eingerichtet war. Sie erzählte mir von ihren beiden anderen Töchtern Lene und Martha. Sie hatten bereits geheiratet und das Haus verlassen. Nun war es richtig leer geworden. Außer der bunt gefleckten Katze und dem braunen kleinen Terrier, die das Haus beherbergte, befanden sich dort keine weiteren Bewohner mehr.

Danach wollte ich mich von Marie verabschieden, um einen Krankenbesuch bei Frau Münster zu machen. Ich erzählte Marie kurz von der armen Familie. Sie kannte die Münsters nur vom Namen her, hatte aber keinen Kontakt zu ihnen. Sie entschied sich mitzugehen. Am Langen Jammer angekommen bot sich weiterhin kein schöner Anblick. Das Fieber von Frau Münster war dank des Aspirins gesunken. Aber sie hatte immer noch so starke Schmerzen im Schlüsselbeinbruch, dass auch das schmerzstillende Aspirin nicht helfen konnte. Sie musste unbedingt stärkere Schmerzmittel bekommen. Doch diese waren sehr teuer und für die Familie nicht bezahlbar. Plötzlich verließ Marie rasch das Haus. Ich war sehr überrascht, hatte aber keine Zeit, ihr nachzueilen, weil ich gerade mit Herrn Münster sprach. Er hatte gestern versucht, eine andere Arbeit in Elmshorn zu bekommen, aber keiner wollte ihn haben, weil der Mühlenbesitzer über sehr viel Einfluss verfügte. Er hatte alle anderen Unternehmer angewiesen, Herrn Münster nicht anzustellen. Ich wusste auch nicht mehr weiter. Da kam Marie wieder zur Tür herein. Sie winkte mit einigen Geldscheinen. „Damit werden wir erstmal gute Medikamente kaufen!", sagte sie. Es handelte sich um das letzte Geld, welches sie zusammenkratzen konnte. „Wenn wir ohnehin nicht das Geld für die Darlehensrate haben, ist es auch egal. Hier hilft es wenigstens einem Menschen in Not!", beteuerte sie.

Schnell rannte Joshy zum Arzt und erhielt dort ein wirksames Schmerzmittel und einige Stärkungsmittel für Frau Münster. Doch was sollten wir mit ihrem Ehemann machen. Ich trug Marie die Problematik der Arbeitsbeschaffung vor. Herr Münster hatte keine Chance, solange der Mühlenbesitzer ihn sabotierte.

Marie schlug vor, dass wir beide Herrn Kröger einen Besuch abstatteten. Eilig stapften wir durch den dicken Schnee zur Schälmühle. Hertha sah uns von ihrem Büro aus und kam zu uns herunter gelaufen. Rasch wurde sie über die Sachlage informiert und entschied sich, uns zu begleiten.

Wir betraten also das Büro von Herrn Kröger. Hier trafen wir auf einen gebrochenen Mann, der an dem Tod seines Sohnes offensichtlich fast verzweifelte. Wir erklärten, wer wir waren und schilderten Herrn Kröger das Elend der Familie Münster. Zuerst wollte er nichts davon hören. Doch als wir Herrn Kröger erzählten, dass auch Herr Münster fünf Kinder habe und diese verhungern müssten, wenn er keine Arbeit fände, wurde er umgänglicher. Er begann, sich in Herrn Münster als Vater hinein-zufühlen. Seine Abneigung gegen ihn als Soldat verblasste. Und schließlich siegte das gute Herz des Mühlenbesitzers. Er war bereit, Herrn Münster einzustellen. Und auch, wenn seine Frau wieder ge-nesen war, sollte sie nicht mehr so schwere Arbeiten verrichten, sondern Hertha im Büro helfen. Herr Münster könne unbefristet weiter in der Mühle beschäftigt werden.

Am liebsten wäre ich Herrn Kröger um den Hals gefallen. Ich beherrschte mich aber und überließ dies dann Hertha, die ihren Gefühlen freien Lauf ließ.

Herr Kröger verabschiedete uns freundlich. Wir rannten sofort zur Familie Münster und verkündeten unsere frohe Botschaft. Man war außer sich vor Freude und dankte uns über die Maßen. Schnell eilten wir nun wieder nach Hause.

Zum Mittag kam Herrmann zum Essen. Marie hatte ihm noch schnell einen Hackbraten zubereitet. Und auch mir schmeckte er vorzüglich. Sie machte ihn fast so, wie ich heutzutage noch dieses Gericht zubereitete, nur dass alle Zutaten frisch waren und keine Fertig-Produkte verwendet wurden.

Nachmittags erfreute Marie mich noch mit Geschichten aus ihrer Jugend. Bei dieser Gelegenheit ließ ich mir noch einmal die Geschichte mit den Stiefeln für den Kaiser erzählen und weitere Anekdoten, die ich unbedingt meiner Mutter weitergeben wollte, wenn ich wieder daheim wäre. Bei dem Gedanken wurde ich wehmütig. Ich hatte jetzt so viele Tage meinen Mann und meine Mutter nicht gesehen. Ob sie uns wohl suchten? Lief in 2004 die Zeit ohne uns weiter? Marie bemerkte, dass ich ganz ruhig geworden war. Sie bat mich, von meiner Familie zu erzählen. Dies tat ich, soweit es nicht die unmittelbare Zukunft von Hertha betraf. Ich erzählte von meinem etwas tüffeligen, aber knuddeligen Mann Bernd, den ich über alles liebte, und von meiner herzensguten Mutter, die alles für uns tat. Sie war Marie so ähnlich.

Die Zeit verging wie im Fluge. Schon war es wieder dunkel und Hertha und Herrmann kamen von der Arbeit. Das Abendessen ließen wir ausfallen, weil ich es nicht mehr zuhause aushielt. Ich musste zurück zu Robin.

Der Wagen wurde angespannt und Herrmann fuhr uns abermals zum Liether Wald. Wie ich bei einer kurzen Unterhaltung unterwegs erfuhr, hieß der Wald zu der damaligen Zeit noch „Liether Dünen".

Dort angekommen, eilten wir an den See. Felicity wartete bereits hinter einem Baum auf uns. Sie war genauso aufgeregt wie wir, weil sie den ganzen Tag nichts über Robin in Erfahrung bringen konnte. War das ein gutes Zeichen?

Robin kehrt zurück!

Wir kannten mittlerweile den Weg zur Höhe schon recht gut. Nur in dem Gewirr der Gänge dort drinnen fand ich mich noch nicht zurecht. Felicity brachte uns abermals zum König. Auch er war sehr gespannt, weil er seine Tochter seit dem gestrigen Tage nicht mehr gesehen hatte. Nun aber ließ er sie und Robin durch Felicity holen.

Nach kurzer Zeit kamen sie in den Audienzsaal hinein. Robin machte ein sehr zufriedenes Gesicht. Ihm folgte Sophie. Und was soll ich euch sagen, sie lächelte. Nein, das trifft es nicht richtig. Sie strahlte über das ganze Gesicht. Selten habe ich ein solches Glück im Gesicht eines Kindes gesehen. Beide erzählten uns, dass sie sich die ganze Nacht und den Tag unterhalten und gespielt hatten. Robin hatte Sophie Spiele aus unserer Zeit beigebracht. Er hatte unter anderem mit ihr „Ich sehe was, was du nicht siehst" gespielt. Sophie hatte ihm dagegen viele weitere Geschichten der Feen und Kobolde erzählt. Dann hatten die beiden die Höhlen erkundet sowie Fangen, Ball und viele andere Spiele gespielt. Sophie war so glücklich wie schon lange nicht mehr. Der König konnte es kaum fassen. So hatten wir also die Aufgabe erfüllt? Der König dankte uns.

Doch als Sophie mitbekam, dass Robin sie nun wieder verlassen würde, verdunkelte sich ihr Gesicht. Endlich hatte sie jemanden zum Spielen gefunden. Sie begann zu weinen. Da führte Robin sie in einen anderen Raum und erklärte ihr, dass er gerne bei ihr bleiben würde. Aber unser Heim befände sich nun mal in 2004. Er hatte dort Vater und Großmutter und konnte doch nicht hierbleiben. Denn dann würde er irgendwann genau so traurig werden wie Sophie, als sie ihre Mutter verloren hatte. Schweren Herzens konnte sie das verstehen. Beide überlegten sich eine Lösung für Sophie. Robin schlug dem König vor, dass Sophie zukünftig die Möglichkeit bekommen sollte, mit den Feen zu spielen.

Wir wussten, das Felicity nicht abgeneigt war, diese Aufgabe zu übernehmen und schlugen sie als „Kinderfrau" für Sophie vor. Der König war begeistert. Auf eine solche Idee war bisher niemand gekommen. Und auch der König selbst versprach Sophie, dass er nun, wo er auf seinen neuen wunderbaren Stiefeln wieder richtig laufen konnte, mit ihr lange Spaziergänge durch den nächtlichen Wald und tagsüber durch die Höhlengänge unternehmen wollte. Robin gab Felicity und Sophie noch einige Tipps für tolle Spiele mit auf den Weg.

Außerdem schlugen wir vor, dass wir einen Kontakt zu Joshy herstellen würden. Sicher hätte er auch Spaß daran, sich mit Sophie zu treffen und mit ihr zu spielen. Denn inzwischen hatten wir mitbekommen, dass viele Kinder aus dem Spitzer Dorf nicht mit Joshy spielen wollten, weil seine Familie so arm war. Bei den Elfen und Kobolden hatten „arm" und „reich" aber keinerlei Bedeutung.

Am nächsten Abend wollten wir Joshy einmal mit zur Höhle nehmen. Der König und Sophie bekundeten, dass sie sehr gespannt auf ihn seien.

„Nun", sagte der König, „ihr habt also alle Aufgaben zu meiner Zufriedenheit ausgeführt. Und so macht ihr es mir auch möglich, euch ebenfalls einen Wunsch zu erfüllen." Natürlich wusste er bereits, was unser größter Wunsch war, nämlich das Haus der Ostermanns zu retten. Also ließ er eine wuchtige Truhe bringen. „Diese ist für euch. Ich hoffe, dass es reicht!" Hertha öffnete vorsichtig die riesige mit silbernen Besätzen beschlagene Ebenholztruhe. Sie war bis zum Rand mit Goldstücken aus alter Zeit gefüllt. Uns kamen fast die Tränen. Wir dankten dem König für dieses großzügige Geschenk.

Als wir uns wieder auf den Weg nach oben machen wollten, bemerkte ich, dass Robin traurig in der Ecke stand. Ich ging zu ihm und umarmte ihn. Schließlich hatten wir unser Ziel erreicht. Er gestand mir, dass es ihm nicht leicht fiel, Sophie zu verlassen, weil er sie liebgewonnen hatte. Offensichtlich waren die beiden absolut auf einer Wellenlänge. Und so stimmte ich seinem Wunsch zu: Er bat mich, die Rose und das Herz von dem goldenen Armband zu lösen. Diese beiden gab er dann Sophie mit dem Versprechen, nach ihr zu suchen, sobald er wieder Zuhause war. Zwar konnte niemand sagen, ob das Elfen- und Feenvolk noch in 2004 in Elmshorn leben würde, aber beide wollten es versuchen. Diese Rose und das Herz sollten das Versprechen bekräftigen und ihr die Möglichkeit geben, ihn nie zu vergessen. Obwohl sie das bestimmt auch ohne die Anhänger nicht getan hätte.

Sie umarmten sich zum Abschied. Dann mussten wir auch schon wieder los, weil sich das Tor zu den Welten langsam wieder schloss. Oben angelangt dankten wir Felicity. Nun gab es nur noch ein weiteres großes Problem. Wir mussten wieder nach Hause ins Jahr 2004 kommen. Dazu riefen wir uns die letzte Strophe des Gedichtes in Erinnerung:

Doch heim kommt Ihr nimmer,
seht Ihr nicht den hellen Schimmer.
Der dunkle See ist nicht das Ende,
sondern führt Euch heim behände!"

Wir trugen sie Felicity vor und verabredeten, dass sie sich umhören wollte, ob einer Fee bekannt war, was damit gemeint sein könnte. Am folgenden

Abend wollten wir wieder in der Hoffnung zum See kommen, nach Hause zu gelangen.

Endlich erreichten wir Herrmann. Er war schon ganz aufgeregt und wäre uns fast in den Wald gefolgt, weil wir nicht wiederkamen. Als er Robin sah, drückte er ihn an sich, froh, dass ihm nichts geschehen war. Aber als er dann die Kiste voller Gold sah, an der wir ganz schön schwer schleppten, begann er zu weinen. Er war so überglücklich, dass das Haus gerettet war. Und offensichtlich reichte das Gold, um die jährlichen Raten eine ganze Weile zu bezahlen. Er und Hertha brauchten keine Sonderschichten mehr zu arbeiten. Allein die Erleichterung in seinem Gesicht war die ganze Mühe wert gewesen.

Eilends fuhren wir heim, um auch Marie alles zu erzählen. Sie wartete bereits an der Tür auf uns. Als erstes bekam Robin aber etwas Leckeres zu essen. Er bestätigte Marie, dass er noch nie einen so wundervollen Hackbraten gegessen habe und gab mir auf, mir das Rezept unbedingt zu merken. Ich willigte gerne ein und drückte ihm einen Kuss auf die Stirn. Mein tapferer kleiner, großer Sohn. Wie liebte ich ihn.

Den ganzen Abend saßen wir noch um die Goldtruhe herum und freuten uns darüber. Nachdem die Goldstücke gezählt worden waren, ergab sich, dass es reichte, um das ganze Haus abzuzahlen. Wir waren überglücklich. Es war sogar noch etwas Geld übrig. Zukünftig würde es der Familie Ostermann gut gehen.

Gegen Mitternacht legten wir uns schlafen. Noch hatten wir zwar keine Ahnung, wie wir wieder nach Hause kommen sollten. Aber das Vertrauen in unsere intuitiven Fähigkeiten war so groß, dass wir uns keine Sorgen machten. Morgen würde uns schon etwas einfallen. Außerdem war morgen Sonntag. Zumindest Hertha hatte frei und konnte den ganzen Tag mit uns überlegen. Wir schliefen beruhigt ein.

Werden wir je nach Hause kommen?

Noch vor Sonnenaufgang des Sonntag, 12. Dezember 1919, erwachten wir. Sollte heute der Tag sein, an dem wir unsere Familie im 21. Jahrhundert wiedersahen? Ein Teil meiner Seele hoffte dies ganz wahnsinnig. Ich hatte Bernd so sehr vermisst. Und auch meine Mutter und Regina, meine Schwester, wollte ich unbedingt wiedersehen. Aber auf der anderen Seite war dies ein so interessantes geruhsames Leben hier, dass ich vielleicht gerne noch ein bisschen geblieben wäre. Es gab noch so viel zu entdecken.

Doch es blieb nicht viel Zeit zum Überlegen. Robin stieß mich an. „Mama, bist du schon wach?", fragte er. Ich nahm ihn in den Arm. „Ich freue mich so auf zuhause. Vielleicht wachen wir heute Abend aus unserem Traum auf, oder?", wünschte er sich. Also standen wir auf und wuschen uns. Marie hatte uns in den letzten Tagen – so wie heute auch – mit ihren Kleidern und den Sachen von Herrmann eingekleidet. All diese Bekleidungsstücke waren stets selbst genäht gewesen und sahen doch so toll aus. Kein Wunder, dass aus Hertha einmal eine so begnadete Schneiderin werden würde.

Das Frühstück war schon bereit. Herrmann hatte das Haus bereits verlassen, weil er auch heute in der

Poststation arbeiten musste. Es gab zur Feier des Tages selbstgebackene Quarkbrötchen, eine Spezialität des Hauses Ostermann. Als ich hinein biss, stellte ich fest, dass sie dem selbstgebackenen Quarkstuten meiner Schwester Regina sehr ähnlich schmeckten. Also war auch dieses Rezept bis in die Gegenwart bewahrt worden. Dazu reichte Marie selbstgemachte Erdbeermarmelade. Es war einfach köstlich, und Robin schlug sich den Bauch voll. An den Kamillentee hatte er sich inzwischen gewöhnt. Begierig verlangte nach einem zweiten Becher und bedankte sich artig, als Marie ihm diesen einschenkte.

Nach dem Frühstück packten wir einige Quarkbrötchen sowie einen Topf mit Marmelade für Familie Münster ein. Herr Münster konnte ja nun ab Montag in der Mühle arbeiten, aber für das Wochenende sollten alle doch auch etwas zu essen haben. Außer dem Brot wurde noch ein leckerer geräucherter Braten und etwas eingelegtes Gemüse in unserem Korb verstaut. So marschierten wir mit Hertha und Marie zu den Münsters.

Die Freude war groß. Nach kurzer Zeit zog ich Herrn Münster beiseite. Ich erzählte ein weiteres Mal unsere unglaubliche Geschichte und endete damit, dass der Elfenkönig und seine Tochter Sophie Joshy gerne kennen lernen würden. Er war natürlich so überrascht und ungläubig wie alle anderen, wollte aber gerne abends mit zu dem

Treffen beim König kommen und auch Joshy mitbringen. In 1919 war man dem Mystischen einfach noch näher als in unserer Zeit. Keiner hielt uns direkt für verrückt.

Nach dem Besuch bei den Münsters wandten wir uns dem eigentlichen Problem, nämlich der Rückkehr, zu. Wir führten uns den Spruch in Erinnerung:

Doch heim kommt Ihr nimmer,
seht Ihr nicht den hellen Schimmer.
Der dunkle See ist nicht das Ende,
sondern führt Euch heim behände!"

Es hatte also wahrscheinlich mit dem Liether See zu tun. Die Odyssee durch die Brücke blieb uns für den Rückweg wohl erspart. Dieses erdbebenartige Gerumpele in der Brücke vermissten wir aber auch nicht im geringsten.

Nur wie sollte das mit dem See funktionieren. Was für ein heller Schimmer war gemeint? Die Abend- oder Morgendämmerung? Wir konnten bei diesen Temperaturen doch nicht einfach hineinspringen. Dann würden wir erfrieren. Also beschlossen wir, unsere Hoffnung auf Felicity zu setzen. Vielleicht konnte sie weitere Details herausbekommen.

Besuch bei Hagenbeck

Heute kam Herrmann bereits zur Mittagszeit nach Hause. Der Tag war wundervoll. Es hatte noch einmal Neuschnee gegeben. Das Weiß überstrahlte fast noch den glänzend blauen Himmel. Marie schlug vor, bis zur Abenddämmerung noch einen Ausflug zu machen. Und da hatten Robin und ich einen besonderen Wunsch. Wir beide liebten den Tierpark Hagenbeck in Hamburg. Zu gerne hätten wir gewusst, wie er um die Zeit von 1919 aussah. Da die Eisenbahn bereits Mitte des letzten Jahrhunderts gebaut worden war, bestand also tatsächlich die Möglichkeit, dass wir nach Hamburg fuhren. Zwar war das Bahnnetz noch nicht so gut ausgebaut wie in der Zukunft, aber bis Altona fuhr die Bahn bereits. Von dort aus konnten wir eine Droschke bis nach Hagenbeck nehmen. Das nötige Geld war ja nun vorhanden.

Wir packten also einen Proviantkorb und machten uns auf den Weg; natürlich nicht, ohne vorher noch Joshy und seine Familie einzuladen, mit uns zu fahren. Frau und Herr Münster blieben allerdings daheim. Zwar hatte sich der Zustand seiner Frau erheblich gebessert, aber sie war noch sehr schmerzempfindlich und hätte die Fahrt in dem ruckelnden Zug nur schwerlich überstehen können.

Herr Münster wollte seine Frau natürlich ungern alleine lassen.

Die Kinder waren aber hellauf begeistert. Noch nie hatten sie eine solch tolle Fahrt machen können. Schließlich war das Geld immer knapp. Und für solche Vergnügungen hatten in 1919 die wenigsten Leute das nötige Einkommen.

Aufgeregt stiegen die Kinder auf dem Elmshorner Bahnhof in den Zug ein. Joshy und seine älteren Geschwister waren noch nie mit der Bahn gefahren. Sie betraten vorsichtig das Abteil und setzten sich nieder. Als der Zug anfuhr, erschraken sie und sahen mich unsicher an. Ich beruhigte sie und erzählte von meinem täglichen Weg zur Arbeit, den ich immer mit der Bahn zurücklegte. Inzwischen wusste die ganze Familie über unsere Herkunft aus dem 21. Jahrhundert Bescheid, so dass ich kein Blatt mehr vor den Mund nehmen musste.

Nach etwa einer eineinhalbstündigen Fahrt kamen wir bei Hagenbeck an und waren überrascht, dass das Tor am alten Haupteingang schon zu damaliger Zeit vorhanden war. Wir zahlten unseren Eintritt und betraten den Park. Aus verschiedenen Schautafeln in 2004 waren uns einige Attraktionen aus 1919 schon bekannt. Z. B. war der Betonberg bei den Löwen und Bergziegen gerade im Bau. Wir konnten uns anschaulich davon überzeugen, dass die Schautafeln in 2004 der Wirklichkeit entsprachen.

Es stand bereits das Metall- und Holzgerüst und sollte nun mit Beton und Holzwänden vervollständigt werden. Später wäre das Ergebnis ein Berg, der richtig echt aussah.

In 1919 befanden sich bei Hagenbeck auch verschiedene Stämme aus Afrika, die den Deutschen ihre Kultur näher bringen wollten. Dies war mir von meiner Mutter einmal berichtet worden. Aber Robin und ich staunten nicht schlecht, als wir sie leibhaftig in ihren Stammestrachten dort kennen lernen konnten. Auch Joshy war sehr angetan. Er näherte sich einem Jungen von ca. 15 Jahren und sprach ihn an. Überraschenderweise konnte dieser junge Afrikaner recht gut Deutsch sprechen. Joshy und Robin unterhielten sich wohl bald eine Stunde mit diesem Jungen. Sie erfuhren dabei, dass er bereits seit seiner Geburt in Deutschland lebte. Seine Eltern hatten bei einer Variete-Show in Hamburg ein Engagement gefunden und eine kleine Wohnung in der Innenstadt von Hamburg gemietet. So erklärten sich auch die guten Deutschkenntnisse. Der Name des Jungen lautete Ghanima was übersetzt „gutes Glück" bedeutet. Er konnte Robin und Joshy viel von Afrika erzählen, weil er schon einmal ein halbes Jahr dort verbracht hatte. Auch seine Eltern gesellten sich zu uns. Sie erzählten, dass sie ihr Engagement für einen Monat unterbrochen hatten, um mit ihrem ehemaligen Stamm bei Hagenbeck aufzutreten. Später verabschiedeten wir uns von diesen netten Afrikanern und setzten unseren Weg durch Hagenbeck fort.

Ansonsten stellten wir aber fest, dass viele der Käfige in 2004 größer waren. Doch da würde Hagenbeck noch einiges tun, das wussten wir. Im 21. Jahrhundert hatten die Tiere artgerechte Gehege. 1919 war eben noch nicht so viel über die Lebensumstände der verschiedenen Tiere bekannt. Wir bewunderten die Löwen und auch die riesigen Elefanten. Schon damals hatte Hagenbeck eine stattliche Herde im Bestand.

Robin bedauerte nur, dass es die Märchenbahn noch nicht gab. Hierbei handelte es sich in der Neuzeit um ein Fahrgeschäft für Kinder. Man konnte mit kleinen Oldtimern durch eine künstliche Märchenwelt fahren. Dafür ließen wir Robin und Joshy aber auf einem Elefanten reiten. Dies wurde in 1919 auch im Winter angeboten. Sie waren begeistert, weil wir in der Neuzeit noch nie dazu gekommen waren. Die Geschwister von Joshy trauten sich dies nicht so recht. Schließlich kannten sie Elefanten bislang nur aus ihren Schulbüchern. Mit großen Augen beobachteten sie, wie Robin und Joshy ihre Runde auf dem riesigen Elefantenbullen drehten.

Ehe wir uns versahen, war es dunkel geworden. Wir beeilten uns also, nach Hause zu kommen. Schließlich wartete Felicity auf uns. Am Spitzer Dorf packte ich meinen Rucksack. Wir zogen unter unsere altmodische Kleidung unsere neuzeitlichen Sachen. Marie und Herrmann bestanden aber diesmal darauf, uns zu begleiten. Dagegen hatten wir keine Einwände. Als wir das Haus verließen, drehten wir uns noch einmal um. Da wir ja in der Neuzeit inzwischen woanders wohnten, würden wir das Haus nie wieder betreten.

Das große Abschiedsfest

Nachdem wir Joshy und seinen Vater abgeholt hatten, ging es los. Im Galopp trieb Herrmann das Pferd Lotte an. Wir schossen durch die inzwischen leeren Straßen Elmshorns in Richtung Liether Dünen. Um 18.30 Uhr kamen wir an. Der Wagen wurde abgestellt, und wir liefen in Richtung See.

Herrn Münster und Joshy waren recht still geworden. Schließlich stand ihnen die erste Begegnung mit Elfen und Kobolden bevor. Aber trotzdem war von ihren Gesichtern auch die Vorfreude auf eine spannende Begegnung abzulesen. Zuerst ließ sich Felicity nicht blicken, weil ihr die Gesichter der neuen Besucher nicht bekannt waren. Als wir aber in den See hineinriefen, dass es sich um die Eltern von Hertha und um Sophies neuen Spielgefährten handelte, kam sie empor geflogen. Sie begrüßte uns freundlich. Ich war überrascht, wie leicht Marie und Herrmann sowie die Münsters mit der Erscheinung umgingen. Normalerweise würde man denken, dass Menschen allem Überirdischen ängstlich gegenüberstanden. Aber das war hier gar nicht der Fall.

Felicity hatte aus alten Aufzeichnungen der Elfen entnommen, dass es sich tatsächlich um diesen See handelte. Man musste abwarten, bis der erste Strahl der aufgehenden Sonne den See berührte. Dann öffnete sich ein Weg in die Zukunft. Doch musste man auch dem See ein Opfer darbringen, damit er einen nach Hause geleitete. Wieder war es Robin, der eine gute Idee hatte. Er schlug vor, das Armband mit dem Schlüsselanhänger als Opfer in den See zu werfen, wenn der erste Strahl die Wasseroberfläche traf. Felicity und die anderen fanden diesen Gedanken sehr gut. Da aber noch ein Anhänger an dem Armband war, nämlich die Spielkarte, beschlossen wir, diese abzutrennen und als Erinnerung mit nach Hause zu nehmen.

Bis zur Morgendämmerung war noch eine Weile Zeit. Felicity erklärte uns, dass es dem Elfenkönig durch einen Zauberspruch gelungen war, die Höhle für diese Nacht offen zu halten. So konnten wir die letzte Nacht in 1919 mit unseren Freunden in der Höhle feiern.

Joshy und sein Vater sowie unsere Verwandten waren sehr aufgeregt, als Felicity sie in die Höhle geleitete. Uns war der Weg beinahe schon vertraut. Ich versuchte, mir alles genau einzuprägen, um den Weg in 2004 vielleicht wieder finden zu können.

Zunächst wurden nun Joshy, sein Vater und Herthas Eltern dem König und seiner Tochter vorgestellt. Formvollendet verbeugte sich Joshy vor dem König und vor Sophie, was dieser offensichtlich sehr gut gefiel. Sie trat zu ihm und bedeutete ihm, sich wieder zu erheben. Und dann waren die Kinder auch schon verschwunden. Robin, Joshy und Sophie zogen es vor, in ihrem Zimmer zu essen und sich kennen zu lernen.

Auch für uns gab es ein ganz tolles Abendessen nach Art der Elfen. Dort wurden die verschiedensten Erdfrüchte und Beeren aufgetragen, die wir teilweise nicht einmal kannten. Die Elfen hatten sie im Sommer geerntet und dann eingelegt. Sie schmeckten vorzüglich, wie eine Mischung aus Marmelade und Fruchtkompott. Dazu gab es frisch gebackenes Brot. Auf Fleisch verzichteten die Elfen und Kobolde völlig. Sie beurteilten es als nicht gut für den Körper. Man altere davon zu schnell. Ich wollte mir dies merken.

Zu trinken gab es etwas, das ein wenig wie der Rumtopf schmeckte, den meine Mutter früher immer zubereitet hatte. Die Elfen versicherten uns aber, dass darin kein Alkohol verwendet wurde. Die Haltbarkeit wurde durch verschiedene Kräuter bewerkstelligt.

Robin, Joshy und Sophie wurden den ganzen Abend nicht mehr gesehen. Später erzählte er mir einmal, dass sie sich viel unterhalten hätten. Joshy hatte von seinen ärmlichen Verhältnissen erzählt. Sophie war von ihm fast genauso angetan wie von Robin. Sie versicherte Joshy, dass Besitz im Leben der Elfen keine Rolle spielte. Aber trotzdem wollte sie sich für Joshy und seine Familie bei ihrem Vater einsetzen. Vielleicht könnte er ihre finanzielle Situation etwas erleichtern, indem er auch ihnen etwas Gold schenkte. Dieses Gold wurde in den unterirdischen Gewölben von den Kobolden abgebaut, hatte aber weiter keine Bedeutung, da die Kobolde kein Gold oder Geld für ihren Lebensunterhalt benötigten. Sie erhielten alles von der Natur und bauten das Gold nur ab, um beschäftigt zu sein sowie für Notzeiten.

Als es auf den Morgen zuging, machten wir uns mit dem König und Sophie sowie Felicity auf den Weg zum See. Mir war nun doch etwas bange. Was wäre, wenn wir in das Wasser springen würden in der Hoffnung, nach Hause zu gelangen, wir dann aber ertrinken. Zudem konnte Robin noch nicht so gut schwimmen.

Doch der Elfenkönig beruhigte uns. Wir sollten nur Vertrauen haben, dann würde alles gut. Gespannt warteten wir auf den ersten Sonnenstrahl. Es versprach ein schöner Tag zu werden. Weil sicher alles schnell gehen musste, verabschiedeten wir uns schon einmal. Es flossen besonders bei Sophie, Hertha und mir nicht wenige Tränen. Liebevoll drückte Robin Sophie ein letztes Mal, als es Zeit wurde. Der Himmel hatte sich bereits rötlich verfärbt. Und dann sahen wir ihn. Ein sanfter Strahl schoss von der aufgehenden Sonne in Richtung See. Nach einem letzten Lebewohl griff ich den

Rucksack. Robin warf das Armband in den See. Da es am Abend zuvor zu tauen begonnen hatte, war das ohnehin dünne Eis geschmolzen, so dass nun das ruhige Gewässer vor uns lag. Ohne weiter nachzudenken, sprangen wir hinein.

Das Gefühl, das uns durchströmte, war wirklich sonderbar. Es war weder – wie ich erwartet hatte – kalt, noch warm oder nass. Wir fühlten uns wie in Watte gepackt, konnten kaum etwas hören noch sehen. Ganz verkrampft hielten wir uns bei den Händen, damit wir uns auch ja nicht verlieren würden. Eine Art Nebelschwaden in den verschiedensten Farben zog an uns vorbei. Erinnerungen an die letzte Woche flogen wie ein Film an uns vorüber. Wir wurden zwar auch jetzt leicht hin- und hergeschüttelt, aber alles war ganz sanft und behutsam. Wir hatten das Gefühl, schon eine Ewigkeit so vorwärts gekommen zu sein, als wir plötzlich mit einem Satz in die Luft und aufs Gras geschleudert wurden. Ich öffnete ängstlich die Augen und stellte fest, dass wir wieder am Ufer des Sees gelandet waren. Der Schnee war weg sowie alle unsere Verwandten und Freunde. Robin blinzelte in den Wald und fragte mich, ob wir jetzt aufgewacht seien. Sicherheitshalber gaukelte ich ihm jedoch vor, dass der Traum wohl noch etwas andauerte. Ich wollte erst feststellen, in welcher Zeit wir gelandet waren.

Endlich zuhause?

Zu unserem Glück waren wir völlig trocken auf dem Ufer angekommen. Rasch fassten wir uns bei den Händen und verließen den Liether Wald, dessen Baumbestand jetzt beträchtlich war. Und spätestens als wir herauskamen, sah ich gleich, dass wir offensichtlich in unserer Zeit gelandet waren, weil hier all die Häuser standen, die ich aus 2004 kannte. Auch Robin wirkte erleichtert. Wir machten uns auf den Weg nach Hause zum Erlengrund. Es dauerte noch eine halbe Stunde, bevor wir unser Haus erreichten. Ich holte den Schlüssel aus dem Rucksack und wollte gerade aufschließen, als meine Mutter ganz aufgeregt die Haustür öffnete und uns in den Arm nahm. „Gott sei Dank ist euch nichts passiert!", brachte sie überglücklich hervor. Hinter ihr stand mein lieber Mann, den ich so vermisst hatte. Auch er wirkte sichtlich erleichtert. Unser Hund Ben sprang schwanzwedelnd um uns herum.

Wir wurden ins Wohnzimmer gebracht und setzten uns erstmal auf das Sofa. Meine Mutter erzählte uns, dass sie einen Tag zuvor unseren Zettel mit dem Hinweis auf die Weihnachtseinkäufe gefunden hatte. Seitdem waren wir verschwunden. Jetzt war es Mittag des folgenden Tages. Also waren wir nach ihrer Zeit nur einen Tag verschwunden.

Und so erzählten wir in allen Einzelheiten, was Robin und ich in den letzten Tagen erlebt hatten.

Als wir geendet hatten, sah meine Mutter uns sprachlos und mit Tränen in den Augen an. Sie und Bernd konnten es natürlich kaum glauben. Und so wollte ich ihnen das Gedicht und den vom Armband noch übrig gebliebenen Anhänger mit der goldenen Spielkarte zeigen. Aber als ich meinen Rucksack öffnete, war ich doch recht erstaunt. Darin befand sich ein dunkelbrauner kunstvoll mit Perlen verzierter Lederbeutel. Er war sehr schwer. Zwar hatte ich bereits bemerkt, dass mein Rucksack viel mehr wog als zu Beginn unserer außergewöhnlichen Reise. Doch ich hatte angenommen, dass Marie uns einige Flaschen mit Getränken eingepackt hatte, weil sie um Robins ständigen Durst wusste. Vorsichtig öffnete ich das Säckchen und war genauso erstaunt wie die anderen, als bestimmt dreißig Goldstücke auf den Tisch rollten.

Spätestens jetzt waren meine Mutter und Bernd restlos überzeugt, dass wir uns diese Geschichte nicht ausgedacht hatten. Es musste sich um eine beträchtliche Summe handeln. Also beschlossen wir, sofort zum Juwelier zu gehen, damit er den Wert des Goldes schätzen konnte. Dort erfuhren wir, dass das Gold einen Gegenwert von ca. 100.000,- Euro hatte, da es sich hier um besonders seltene wertvolle Münzen aus dem 10. Jahrhundert handelte. Wir bekamen die Münder kaum wieder zu.

Also hatten wir nicht nur dafür gesorgt, dass Hertha und ihre Familie ihr Haus behalten konnte. Nein, im Gegenzug hatte Hertha dafür gesorgt, dass wir das Haus am Erlengrund, welches wir ja nur zur Miete bewohnten, kaufen konnten. Zumindest reichte es für die Anzahlung der halben Kaufsumme. Für den Rest konnten wir ein kleines Darlehen aufnehmen.

Als der Tag sich dem Ende zuneigte, fielen wir alle müde ins Bett. Was war das für ein Abenteuer. Kurz bevor wir einschliefen, gestand Robin mir noch, dass er die ganze Zeit nicht daran geglaubt hatte, dass es sich nur um einen Traum handelte. Er dankte mir aber, dass ich ihn dadurch hatte beruhigen wollen. „Mama, ich hoffe aber, dass ich heute Nacht mal keinen Traum habe, weil ich mich doch ein wenig von diesen anstrengenden Abenteuern erholen möchte!", schloss er und war schon in meinem Arm eingeschlafen.

Kurz bevor auch ich in den Schlummer der Gerechten fiel, kam mir noch einmal der goldene Anhänger mit der Spielkarte zum Bewusstsein. Warum wir ihn wohl hatten nirgendwo einsetzen können? Und was war aus Sophie und Joshy geworden? Ich beschloss, dies später herauszufinden. Vielleicht war Joshy ja noch am Leben oder zumindest einer seiner Verwandten?

Sollte vielleicht irgendwann noch mal ein Abenteuer auf uns warten ...?

Ende

Danksagung

Die Entstehung dieses Buches war nur möglich durch die Mithilfe meiner Familie. Ich danke meiner Mutter, dass sie mir immer den Rücken freihielt, wenn ich mich wieder an den Computer setzte, um weiter zu schreiben.

Außerdem danke ich meinem Sohn Robin, mit dem ich dieses Abenteuer erleben durfte. Das Buch habe ich für ihn und seine Nachkommen geschrieben. Und schließlich hat er unter anderem auch den Namen der Tochter des Elfenkönigs ins Spiel gebracht.

Weiter möchte ich mich bei meinen Arbeitskolleginnen und insbesondere bei meiner Vorgesetzten bedanken, die mich immer wieder bestärkt haben, das Buch verlegen zu lassen.

Ein großer Dank gebührt aber der Vergangenheit, nämlich meiner Großmutter Hertha Koch, geb. Ostermann, deren Photographie auch das Cover meines Buches ziert. Ich bin froh darüber, dass sie mir einiges von ihrer Kreativität und Inspiration vererbt hat. Schade, dass sie jetzt nicht dabei sein kann. Es würde ihr bestimmt viel Spaß machen, den Werdegang des Buches mitzuerleben.